마리아의 입덧

마리아의 입덧

초판1쇄 인쇄일 2016년 10월 25일
초판1쇄 발행일 2016년 11월 1일

지은이 주평무
펴낸이 김완중
펴낸곳 내일을여는책
관리실장 장수댁

인쇄 예림인쇄
제책 바다제책

출판등록 1993년 01월 06일(등록번호 제475-9301)
주소 전라북도 장수군 장수읍 송학로 93-9(19호)
전화 063)353-2289
팩스 063)353-2290
전자우편 wan-doll@hanmail.net
블로그 blog.naver.com/dddoll

ⓒ 주평무 2016
ISBN 978-89-7746-059-1   03810

이 사업은 전라북도 문화관광재단 지역문화예술육성지원사업 지원을 받은 사업입니다.

이 도서의 국립중앙도서관 출판예정도서목록(CIP)은 서지정보유통지원시스템 홈페이지(http://seoji.nl.go.kr)와 국가
자료공동목록시스템(http://www.nl.go.kr/kolisnet)에서 이용하실 수 있습니다.(CIP제어번호: CIP2016024406)

주 평 무   시 집

마리아의 입덧

내일을여는책

: 차 례

1부

마리아의 입덧

6부

행주

마리아의 입덧

아 담 의 밤

최상의 복지환경을 갖춘 에덴동산에서 쫓겨난
흙의 인간 아담Adam은
낙원 밖의 암담한 현실에 직면했다
동산 밖에서의 첫날밤은 무서웠다
아담은 무서움이 실재한다는 것을 의식했다
그것은 새로운 자의식이었고 공포와 전율이었다
잠들 수 없는 불면의 밤에
어둠이란 그에게 살아 있는 물체로 느껴졌다
날것이 풍기는 낯섦에
누구세요 물어보았다
대답이 없자 아담은
불을 켜보았다
아무것도 보이지 않고
아무것도 보여주지 않는
존재의 어둠은 심각했다
요람 같은 낙원에서 추방당한 아담에게
모든 것은 밤이었다
아담은 만 가지 해악이 출몰하는
헤시오도스Hesiodos의 어둠을 실감했다

존재하는 모든 것들의 불행과 왜곡에 대해
근원적인 질문을 잉태시키는 역사의 밤
의문은 많은데 해답이 별로 없는 그런 밤에
아담은 자기 배꼽을 만져보았다

하와Eve의 아침

하와의 내면에서는
궁극과 근원에 대한 지적 호기심이 발달하고 있었다
아담에게 없던 그것은 결코 충동이 아니었다
생존환경이 궁핍해서가 아니라
생존을 위한 모든 조건이 충분했음에도 불구하고
그런 궁금증이 일어난 것은
그녀가 빵으로만 살 수 없는
합리적 이성을 가지고 사유하는 존재였기 때문이었다
그녀는 몸의 욕구와
정신의 욕구가 따로 작동한다는 사실을 실감했다
선은 무엇이고 악은 무엇인가
그 근거와 기준은 무엇인가
누가 선악을 규정하고 판별하는가
인간은 누구며
신은 어떤 존재인가
무엇을 먹어야 인간의 유한성에서 벗어날 수 있을까
하와는 앎에 대한 끝없는 질문을 따라갔다
그리고 마침내 그동안의 무수한 시행착오 끝에
선악의 근원과 궁극을 풀어줄 수 있을 것 같은 나무의 실과를 찾아

냈다

  지금보다 훨씬 뛰어난 직관력으로 사물의 성질을 파악할 수 있었기
때문이었다

  어쩌면 그녀가 따먹을 수 있는 마지막 실과였을지 모른다

  생각이 많으면 꿈도 많다고

  인간의 언어를 구사驅使하던 꿈속의 뱀이 바로 그 나무에 있었다

  왼손으로 따서 오른손으로 먹었는지 물어볼 일이지만

  그녀가 어거스틴의 원죄를 저지르게 된 시점이

  십오야 달 밝은 어느 날 밤이었는지

  여심을 건드리는 봄날이었는지

  생리중이었는지

  갱년기였는지도 알 수가 없고

  여성의 이런 신체심리적 변화작용 때문에

  하와가 인류 불행의 원흉이 되었다고 단정할 일은 못 된다

  모든 것에 의문을 품은 여인

  하와는 재평가되어야 한다

카인의 최후

카인Cain은 그의 동생 아벨Abel을 죽였다 석기시대 돌도끼로 찍어 죽였는지 목기시대 몽둥이질을 했는지 청동철기시대 주물鑄物을 휘둘렀는지 목졸라 질식사 시켰는지 상상해야 할 최초의 살인을 저질렀다 카인은 사람이 사람을 죽일 수 있다는 생각을 행동으로 검증했다 그랬더니 과연 살아있던 사람이 죽는 것을 죽어가는 것을 보게 되었다 자신도 누군가에게 이렇게 죽임을 당할 수 있겠구나 싶은 타자에 대한 두려움과 공포를 처음으로 느꼈다 살인의 목적은 달성되지 못했고 살인으로 인하여 원치 않은 불안을 겪게 된 카인은 정처없이 떠도는 도망자 신세가 되었다 아무도 그를 추격하지 않았지만 그는 쫓기고 있었다 전설에 따르면 카인은 그의 아들의 아들의 아들의 아들뻘 되는 악명높은 라메크Lamech를 찾아갔다 혈육이 그리웠기 때문이었다 당시 라메크는 무슨 사고로 시력을 잃고 눈먼 소경이 되어 있었다 일찍이 활 잘쏘고 돌팔매질에 능숙했던 라메크가 어느 날 양떼를 지키고 있던 손자와 함께 들판에 있을 때였다 라메크를 찾아 저 멀리서 다가오고 있는 정체 모를 물체가 출현한 것을 보고 라메크의 어린 손자는 도둑인가 강도인가 야수인가 해서 소리를 질렀고 눈먼 명사수 라메크는 다가오고 있는 카인을 향해 망설임 없이 화살을 쏘았는데 날아간 화살이 카인의 옆구리에 바로 박혔다 연이어 날려보낸 돌팔매가 카인의 면상을 때리자 두 눈알이 빠져 카인은 이내 죽고 말았다 사람이 사람을 인식하고 알아볼 수 있는 보이지 않는 차원이 있는 법인데 멀리서 보면 잘 알고 있는 사람이라도 누군지 잘 모를 타인에 불과할 때가 있다는 것 그런데 하필 카인은 그런 상황에 처해 있었다 의도한 계획살인은 아니었지만 뜻하지 않은 죽음이 그를 그가 죽였던 동생 아벨이 있는 곳으로 데리고 갔다

노아의 우울증 雨鬱症

실성했다는 사람들의 비아냥을 뒤로 하고
노아Noah는 神의 음성을 들었다면서
산꼭대기로 올라가
타락한 세상을 구원할 방주方舟를 지었다
지구를 둘러싼 우주의 물이
진노의 잔에 차고 넘칠 때
열리지 않는 방주에 갇힌 채
점멸點滅해 가는 사람들을 바라보던
노아의 신념은 물처럼 쏟아지고 말았다
사람들이 긍정肯定한 현실을 부정否定하긴 했지만
정작 노아가 방주를 완성한 것 말고는
그들을 위하여 할 수 있는 일은 아무것도 없었다
둥둥 떠오르는 시신은커녕 산 사람 하나 건져내지 못한
노아의 풀린 눈 속에서 망령들이 출렁거렸다
감기지 않아 부릅뜬 눈들이
썩은 물에 고여 붉어지기 시작하고
부패한 살들이 퉁퉁 불어
떠오르는 물체마다 죽지 않은 표정들이 너무 생생했다
비 그치고 물이 물러나자

무너진 하늘 창문으로

삶을 긍정하는 찬란한 태양이 다시 내걸리고

홍수로 통통하게 살진 토양 덕분에

포도농사는 잘되었지만

노아는 아직 물 속을 헤어나지 못하고 있었다

꿈속까지 스며들어오는

물의 악몽에 시달릴 때마다

너무 오래 살아온 고단한 육신에 독한 술을 부었고

그러면 마른 종이에 물이 번지듯

노아는 취중 알몸이 되어 둥둥 떠오르곤 했다

아물지 않은 심리적 외상을 겪고 있는

둘째 아들마저 늙은 아비의 추태를 희롱했다

구사일생 구원받은 한 가족의 분열은

홍수의 후유증인가

흐리고 비 오는 날이면

노아의 슬픈 주정酒酊을 들을 수 있다

비가 오면 생각나는 그 한 사람 때문에

그 한 사람을 위해서

이렇게 많은 사람이 희생당한 것인가

누구에게 물을 수도 없고
대답해줄 사람도 없는 노아
위로慰勞를 뜻하는 그의 이름이 무색하도록
다 죽었는데 누구를 위로하고
누구로부터 위로받을 수 있을까
야훼여,
과연 그러합니까
이 폐허의 땅에
노아 한 사람으로 위로가 되시옵니까

아브라함의 신神

아브라함은 평소 남이 듣지 못하는 소리에 민감했다
그 소리는 몸 안에서 나는 소리인지
몸 밖에서 나는 소리인지 알 수 없었으나
신의 소리로 받아들였다
아브라함이 정든 고향 땅을 떠나게 된 배경에도
역시 신의 부름이 있었다
사람들이 정든 땅을 떠날 때도 비슷한 경험을 하는 것 같다

아브라함은 백세에 얻은 적통嫡統 이사악Isaac이
청년기에 접어들었을 때
부족을 이끌 지도자의 자격이 아들에게 있는지 확인하고자
신의 뜻을 묻기로 했다
될 놈인지 안될 놈인지 검증하는 것이었다
그것은 한 점 두려움 없는 용맹함과
족장의 권위에 대한 절대 복종심을 요구했다

아브라함은 아들을 제물처럼 결박하여 시험대에 올려놓고
칼을 빼들어 제물의 목을 겨누었다
무서움과 반항심을 억누르고

숨통이 끊어질 것 같은 의례를 통과했지만
정작 아들 이사악에게는 장래사를 예측할 수 있는 안목이 없었다
아버지는 아들의 진짜 결함을 몰랐다
신은 그 점에 대해 아무 소리도 들려주지 않았다

눈 먼 이 사 악

아버지 아브라함의 망령이 그랬을 것이다
백살 나이에 얻은 아들을 제물로 바치겠다는
아버지 아브라함의 망동에
아들 이사악은 차마 저항할 수 없었다
저항하고 싶지 않았다
아버지의 행동이 어디까지 가는지를
두 눈으로 확인하고 싶었다
과연 아버지가 신의 음성을 들은 것인지를
환청에 시달린 병증은 아닌지를
나이 구십의 어머니 사라가
아들을 낳을 것이라는 천사의 수태고지를
아들을 잡아 제물로 바치라는 신의 음성을
과연 들으셨는지를 밝혀보고 싶었다
이사악은 평소 아버지와는 소통이 불편했다
아버지가 하는 말을 일방적으로 들었을 뿐 대화는 이어지지 못했다
그날도 아버지의 뜻에 따라 산행에 동행했지만
차마 아버지가 칼을 쳐들고 자신의 목을 겨냥하리라고는
상상하지 못했다
이사악은 저항하지 않았다

아버지가 자식을 죽이는 가족살해라는 끔찍한 순간이었다

아버지는 아들의 모가지를 비틀었다

틀어쥔 아버지의 손은 인간의 손이 아니었다

엄청난 악력이 이사악의 목을 움켜쥐고 있었다

아무리 젊기로니 괴력의 강도에 맞설 수 없었다

뜨겁고 거친 아버지의 숨소리가 아들의 귓속을 채웠다

천만다행 환청이 환청을 살려냈다

아찔한 순간이었다

아버지는 갑자기 또 무슨 환청을 들은 모양이었다

온 몸에서 사나운 기운이 빠져 나가고 있었다

아마 가까운 곳에 있던 산양 한 마리가

나무에 걸려 버둥거리고 있는 것을 보았던 모양이다

산양이 우는 울음소리에 아버지의 환청은 깨지고

아들 이사악은 살아났다

산양을 제물로 대신 바치고 아버지는 말없이 아들을 앞서 하산했다

집에 돌아온 이후 아버지 아브라함의 말수는 크게 줄었고

난청인지 환청인지 때문에 집안 분위기는 침울해졌다

아버지의 행동을 몸소 체험하고 겪은 이사악은

그 사건 이후로 시력에 문제가 생겼다

아버지의 얼굴을 차마 볼 수 없었던 그 사건 때문에

이사악은 아버지를 떠나 이복 형 이쉬마엘에게 가서 몇 해를 살았다

아버지가 죽자 형과 함께 장례를 치렀고

결혼하여 야콥과 에사우를 낳았지만

시력 때문에 큰아들과 둘째 아들을 분간하지 못하고

각자에게 어긋난 운명을 말하고 말았다

신의 간택을 받은 일가족 일가문의 여정이 순탄하지 않았다

야콥의 첫사랑

눈먼 아버지를 속이고

집안 사정에 둔한 형을 속여가면서까지

한 지붕 아래서 숨쉬고 살 수가 없었다

언젠가 들통날 일이라 생각한 야콥Jacob은

엄마와 협의합의하에 삼촌 라반Laban의 집으로 도망쳤다

삼촌에게는 두 딸이 있었는데

마치 야콥을 기다리고 있었던 것 같았다

동족간 사촌간의 결혼은 당연지사였으므로

야콥은 사전에 연습 한 번 없이

한 눈에 반했고 두 눈은 맹목이 되었으며

마음은 둘째 딸 생각에 벌집이 돼버렸다

우여곡절 칠 년 만에 이루어진 결혼 첫날

첫날밤은 모든 밤처럼 여자를 이뻐 보이게 했다

야콥은 천사와 씨름하던 괴력의 스태미나로

신부의 몸을 아홉 번이나 달뜨게 했는데

이 아홉 번에 대한 근거는 토마스 만Thomas Mann에게 있다

밤새 말달리던 소리가 그치자

그제서야 새벽이 왔고

동이 트자 야콥은 닫힌 눈을 떠야 했다

눈알이 열 개라도 옆자리를 보는 순간
이럴 수도 있구나 삼촌에게 속은 줄 알게 되었다
사랑하는 둘째 딸 라헬Rachel을 보자니 미칠 것 같았다
지난밤 야콥의 품속은 큰딸 레아Leah가 차지했기 때문이다

젊은 다비드

사울Saul 왕과 다비드David는 정적政敵간이었다
한때 사울 왕은 다비드를 직접 제거하는 대신
전략상 부마대위駙馬都尉로 삼고자 했다
조건은 적군의 양피陽皮 일백 개를 바치라는 것이었다
그것은 다비드를 전쟁터에 내보내 죽게 하겠다는 사울 왕의 계략이
었다
하지만 권력의 지근거리에 진입할 기회다 싶은 다비드에게
그까짓건 암것도 아니었다
다비드가 누구던가
골리앗을 쳐죽인 당사자가 아니던가
싸움에 나가 적군 이백 명을 쳐죽이고
사울이 요구한 포피包皮 백 개를 가져다 바쳤다
손에 많은 피가 묻었을 것이다
이미 죽었거나 아직 죽어가고 있는
적군의 아랫도리를 벗겨내서
다비드 자신이 직접 손질했는지
부하들을 시켜서 자르게 했는지 모를 일이다
아무리 전쟁터라고 하지만 이건 아닌 것 같다
귀도 아니고 코도 아닌

남자의 양피를

그렇게 해야만 했다니

어떻게 기술적으로 양피만 자를 수 있었을까

그냥 토막으로 싹뚝 댕강 그렇게 뿌리째 끊어버린 건 아니었을까

그 짓거리해서 다비드는 잠정적으로 왕의 사위가 되었다

그리하여 다비드는 왕권신수설 같은 권력의 그늘에 걸려들었고

위태와 아슬 사이에서 파닥거릴 운명을 피할 수 없게 되었다

절 양 가 絶陽歌

가렴주구苛斂誅求 일삼는 관청에 시달려온

천정 낮은 오막살이에선

배고픈 아이들이 아낙의 치맛자락에 달라붙고

배고픈 새끼 새처럼 쩍쩍 입 벌리는 꼴

어와 목불인견目不忍見에다 생목이 치밀었다

이러지도 저러지도 대책은 없는데

보다 못한 남정네

날선 낫을 쳐들고

몹쓸 것

빌어먹을 이것 때문이구나

아으

그냥 남자의 몸가지를 잘라버리고 말았다

비명소리 듣고 달려와보니

방안은 피투성이 물건을 가리키고 있었다

관청으로 달려간 아낙의 손엔

핏물 뚝뚝 떨어지는 남편의 그것이 들려 있었다

삶의 구조조정을 방조하고

자학과 자해

가족살해와 학대유기를 양산하는 면역체계의 교란

이제는 무엇을 잘라내야 할까

기특한 일

옛날 천축天竺국에 형아우가 살았다

형은 나라의 왕이었다

어느 날 왕이 부처님 성적聖跡을 참배코자 타국에 여행할 일이 생겼다

그동안의 국정은 아우에게 부탁했다

명을 받자마자 아우는 즉시로 자기 물건을 잘라버렸다

그리고는 그것을 황금상자에 담아 출국 직전의 형님에게 바쳤다

의아해하는 형님에게 돌아오시는 날 열어보시라 청하였다

왕은 황금상자를 신하들에게 맡겨 군대가 잘 간수하라 명하였다

과연 참배를 마치고 왕이 돌아오자

간신배들이 아우를 참언하여 고자질해댔다

왕이 부재하는 동안 아우가 중전에 드나들어 풍기를 문란케 했다는
것이다

불같은 진노로 왕은 즉시 사형에 처하라 지시했다

절박한 순간에 아우는 황금상자 개봉을 청하였다

상자 안에는 아우의 졸아든 남근이 토막으로 들어 있었다

아우의 충정과 진정에 감득한 왕은

아우를 높이어 중전을 맘대로 드나들게 했다

시간이 흘러 어느 날 성밖으로 나가보니 황소 오백 마리가 끌려가고
있었다

거세하려는 것이었다

생각해 보니 자신의 지금 신세는 전생의 숙업과 관계 있다 싶어

많은 돈을 주고 황소를 사들였다

자선慈善의 효험 탓이었는지 잘려나간 뿌리에서 움이 돋아나기 시작
했다

그러자 아우는 중전 드나들기를 그만두었다

이유를 물은 왕은 아우의 대답을 듣고

이 아름다운 미사미담美事美談을 후대에 전하기 위해

가람伽藍을 짓도록 하고 이름하기를

기특奇特이라 하였다

욥 기 43장

삶의 무늬야 어떠하든 평범한 운명은 없다
인간이 손댈 수 없는 운명의 장난으로
비범했던 욥은 하루아침에
급살맞아 죽은 열 명의 딸아들을 가슴에 묻었다

개인의 선악과 딱히 상관이 없는데도
자식들이 비명횡사한 배경에는
인간의 어떤 의견도 반영되지 않은
신과 사탄의 일방적 공조가 있었다

고매한 욥의 경건성에 대해 사탄이 이의를 제기했을 때
한 점 의심없이 신의 비호를 받던 욥은
이미 기울어진 자신의 운명에 대처할 능력이 없었고
엎질러진 자식들의 운명을 급변침하지도 못했으니
착하게 산다는 것은 외려 고난이 번식하기 좋은 조건일 뿐이었다

개인의 운명 속에는 착한 신만 개입하는 것이 아니므로
신과 사탄은 한 마리 인간의 순수성을 검증하기 위해
하루살이 인생이 납득할 수 없는 힘겨루기를 하고 있었고

욥은 그저 불사의 존재들 때문에 희생양이 된 것이었다
인간이 처한 아포리아를 해명해주던 오래된 철학과
종교적 지혜로는 욥의 기구한 운명이 전혀 설명되지 못했다

인간 고통의 대표자답게
자신의 운명을 잔혹하게 다루어도 좋다고 방조幇助한 신을 향해
항의하면서 자신의 무죄를 주장했던 욥은
나사렛 예수처럼
왜 나를 버리시나이까
그런 말 한 마디 내뱉지 않았다
불행의 치료약인 만능의 시간이 흘러가자 욥은
불행을 매개했던 열 명의 자녀와 무수한 재물을 다시 얻었다

하지만 과거에 겪은 한 인간의 불가사의한 고통이
충분하게 보배상 받은 것으로 온전하게 치유될 수 있었을까
아니면 신의 섭리는 항상 이런 방식으로만 작동하는 것이라고
오랜 고문을 버텨내지 못하고 자인해버린 것은 아니었을까

욥의 아내

차라리 하느님을 욕하고 죽으셔요

인간 욥이 당한 불행은
신이 내린 저주가 아니었다는 것이 성서의 증언이다
욥의 온몸은 생명을 지닌 버러지들이 차지했다
구더기들의 서식처가 된 피부질환으로 욥은
가려움이란 것도 인간이 겪는 고통의 하나임을 실감했다

살아 있기 때문에
먹어야 하기 때문에
우스Ausitis 땅 도시 밖에 있는 똥구덩이 48년의 세월동안
첫 번째 아내 시티도스Sitidos는 생존을 위해
으리으리한 저택에 물을 길어다주는 일로 품을 팔았다

한 번은 사탄이 빵장수로 변장해 와서
그녀에게 빵을 줄테니 머리카락을 잘라주라고 했다
이 빵이면 당신 남편이 3일은 더 살 수 있을 것이라고 했다
남편이 단 하루만 더 살 수 있다면
이깟 머리터럭쯤 아무것도 아니라며

사람들 보는 앞에서 가위로
여자의 면류관인 머리터럭을 잘라 사탄에게 주었다
그리고 빵 세 개를 얻었다

차라리 하느님을 욕하고 죽으셔요
욥의 착한 아내가 이렇게 말하지 않고
끝까지 감사하면서 오래오래 사셔요 라고 말했다면
욥의 이야기는 성서에 들어올 자격을 상실했을 것이다

시티도스는 남편을 찾아온 친구들의 훌륭한 설교를 들었다
하지만 인생이 개창疥瘡나더라도 목숨을 부지하고 죽지만 않으면
자살보다 낫다는 관념에 동의할 수 없었다
구차하고 불의한 삶보다는
자살이 덜 악하다 생각했기 때문이다

그저 살아있는 것이
의미없이 목숨줄 움켜잡고 사는 것이
어떻게 의롭고 정당한 것인지
왜 자살은

왜 안락사는 불의하고 악한 것인지
이 길 외에는 다른 방도가 없는 생의 비참 앞에서
생명을 끊어버린 행위에 대해 정죄한다면
남편을 위로한답시고 찾아온 당신들
참 나쁘다

그녀의 항변은
그들의 가공된 신학논리보다 훨씬 탁월했다

여보
차라리 하느님을 욕하고 죽으셔요

보디발의 아내

17세에 노예로 들어온 청년 요세프Joseph

어언 10년 세월이

그를 남성미 넘치는 스물일곱의 사나이로 만들었다

가만히 있어도 벌나비가 꼬일 지경이었다

총명한 청년 요세프를 사랑한 유부녀

이집트 왕국 제2인자의 아내

줄라이카Zuleika

그녀는 요세프를 사모애모연모하였다

어느 날이었다

몸달은 여인은 맘이 끌었는지 몸이 당겼는지

점점 요세프와 단 둘이만 있고 싶어서

최고최상의 유혹매혹을 동원하여

야시시한 분홍빛 공간을 꾸며냈지만

광채로 옷을 입은 알몸에도 끄덕 않고

요세프는 굴러온 복을 박차고 나가버렸다

너는 남자도 아니다

과연 사나이답다

둘로 갈리는 인물평은 역사에 맡기고

안주인은 증오심과 결탁하여 음모를 꾸몄고

자신이 당한 지독한 수모를 모면코자 했다

생사를 결정할 수 있는 남편은 국정에 매여 바쁜 몸

집은 노예와 수많은 하인들로 가득차 있었지만

그녀의 외로움은 아무도 그 무엇도 채워주지 못했다

태양신을 섬기는 환관

그녀의 남편 보디발Potiphar은 환관이었다

롯의 아내

아브라함의 조카 롯Lot은 멸망의 도시

소돔Sodom과 고모라Gomorrah에 집짓고 살았다

하늘에 사무친 그곳의 악함 때문에

롯의 가족도 참화를 면치 못할 운명이었다

롯을 가상히 여긴 하늘천사가

살려거든 도망치라 지시하기를

도중에 머물거나 뒤돌아보지 말라 단속團束했다

남부여대男負女戴 식으로 일가를 거느리고

서둘러 긴급히 빠져나오는 와중渦中에도

차마 챙기지 못한 아까운 것들이 뒤에 남아 있어서

자꾸만 부르는 것 같았다

안된다 뒤돌아보면 안된다

머뭇거리지 말고 속히 이곳에서 벗어나자

아무리 단속하고 재촉해도

항상 언제나

문제는 어느 한 사람이 일으키게 되는 법

롯의 아내 에딧Edith은 그만 뒤돌아보고 말았다

생각하자면 그이만이 진정으로 사람 같았다

하지만 사람값 하느라 소금기둥이 되어버렸다는

전설 같고 신화 같은 이야기
차라리 두 눈을 가리울 걸 그랬을까
단 한 번 뒤돌아본 것 때문에
그녀의 명줄은 도중에 끊겼다
한 사람의 운명이 그렇게 끝나버렸다

오 르 페 우 스

천하의 가인歌人 오르페우스Orpheus가

악기를 연주하며 노래할 때

말없는 숲의 나무들과

거기 사는 사나운 야수들과

바윗덩이마저 움직이게 만들었고

핏기없는 망령들도 눈물을 흘렸다네

운명의 실이 너무 일찍 풀린 탓으로

저승에 불려간 어린 아내 에우리디케Eurydice가 그리워

그녀를 사랑하다 몸살난 오르페우스

언젠가 필멸의 존재로 태어난 우리 모두가 돌아갈

공포와 뜨거운 불 속

얼음의 나라 침묵의 왕국으로 찾아가

죽음의 세계를 지배하는 자 플루토Pluto에게 간청하였다네

음악의 힘이랄까

노래의 신비랄까

감동먹은 신이 은혜를 베풀어

오르페우스는 사랑하는 아내

에우리디케를 데리고 저승에서 나오게 되었다네

하나 만사에는 조건이 있는 법
저승을 빠져나가는 골짜기를 다 지나갈 때까지는
뒤돌아보지 말아야 한다는 것이 그것이었다네

연약한 아내를 챙겨야 할 남편으로서
오르페우스는 걱정이 아니 있을 수 있겠는가
염려가 되고 조바심도 생기고 해서
그만 역시나 우리가 우려했던 그대로
뒤돌아보고야 말았다네

뒤돌아본 순간 사랑스런 아내 에우리디케는
미끄러져 다시 저승바닥으로 떨어지고 말았다고 하니
일고一顧의 여지가 없는 생의 비정함이여
생사는 인간의 손으로 조정할 수 없음이런가

수 태 고 지 受胎告知

성령이 어떻게 했길래
열네 살 소녀가 임신할 수 있단 말인가
성령이 어떻게 하면
남자없이 처녀가 혼자서 아를 배게 되는가

생리현상과 상관없이
성령잉태는 난자만으로
정자없이 난자마저도 없이 임신을 가능하게 하는가

마리아의 임신이 성령잉태라면
우리의 임신은 무슨 잉태라야 하는가
대관절 마리아에게 무슨 일이 일어난 것인가

마리아는 소녀였다
열네 살 꽃봉오리 사춘기 십대 소녀였다
십대 소녀가 꿈꿀 수 있는 무한한 가능성에도 불구하고
부유한 이들은 원정출산을 가고
원치 않은 임신으로 입덧하던
사랑에 눈뜬 어린 딸들은 산부인과를 찾아가 죄를 짓는 현실

성령으로 잉태되었다는 십대 소녀 동정녀 마리아여
조혼모 미혼모들에게 무슨 말을 해주어야 할까요
제국의 병사를 위로하기 위해 끌려간
우리의 딸 같은 소녀들의 임신에 대해서는

소녀 마리아는 성모가 되기 위해
구약성서의 여인들처럼 작정하고 기도한 적이 없었다
神은 자신이 규정한 자연법칙을 번복하면서까지
독단으로 계획임신을 기획했던 것이다

출 생 의 비 밀

어머니는 자식을 얻기 위해
영험한 산곡을 찾아가서
비나이다 치성드리기
백일기도 지극정성으로
나를 잉태하지 않았다
하늘이 점지해준 비범한 남자를 만나
부부의 연을 맺은 것도 아니다
만물이 번식하는 자연법칙에 따라
산부인과병원 한 번 다닌 적 없이
나를 출산했다
특별계시나
천사의 수태고지 같은 것은
꿈에도 없었다
나는 어머니의 옆구리나 머리가 아니라
대부분의 사람들처럼
정문을 통해 세상에 나왔다
답답하다 못해
남보다 일찍 세상에 나온 것이
흠이라면 흠이었다

임신중독증이라는 말을 몰랐던 시절
어머니와 뱃속의 나는
생명이 위태위태했다
세상살이 고생스러워
너를 낳지 않으려 했다고 말할 때
나는 어머니 눈에 고인
불쌍한 눈물을 보았다

강 북 마 리 아

대한민국 서울의 강북

햇빛이 고르지 못한 반지하에 세들어 살면서

다달이 시골집 고향 홀어머니께

용돈 보내는 중소영세업 공장의 비정규직

신자유주의의 하청녀

그녀의 눈에 비친 강남특구는

자본특구로 인식되었다

임신을 기술적으로 피하거나 조절하는

강남의 첨단 테크노에 정면 저항하기라도 하려는 듯

그녀의 몸에 神이 내렸다

임신臨神

가진 것 없고

학력 배경도 없고

혈통 같은 것 검증할 것도 없는 흙수저 처녀에게

임신은 날벼락이었다

누구나 다 제 복福을 타고 난다지만

그녀의 충격은 미혼모들이 공감할 일

공중화장실이나

아파트 후미진 계단 옆

한 줌의 흙덩어리가 들어있을 법한
쓰레기통에 버려진 검정 비닐봉투 속 사연
해외로 입양된 다 큰 아이들이
돌아와 뿌리를 찾고 싶단다

마리아의 입덧

어린 딸의 임신소식은
삽시간으로 온 동네와 성전 사제들에게 알려졌다
요셉이 목공일로 출타중일 때였다
마리아 나이 16세가 될 때였고
목수 요셉이 6개월 만에 집에 돌아왔을 때
마리아는 이미 배가 불러 있었다
마리아가 천사의 수태고지보다 더 두려워했던 것은
몸태가 달라지고 있는 것이었다
사람들의 눈에 띄지 않도록 몸을 가려야 했다
시간이 저지른 죄악인가
신의 무모한 개입인가
입덧하는 나어린 마리아를 지켜보던
목수 요셉은 비통하게 울부짖었다
대체 누가 이런 몹쓸 짓을 저질렀단 말인가
누가 이 처녀를 더럽혔단 말인가

신에게 선택받은 것은
인간에게 버림받는 일이었다

판 테 라

　유대인들이 꾸며냈을 법한 모략은 세상 모든 인간들보다 특별히 더하거나 덜하지 않았다 한때 이교이단으로 낙인찍혀 천박하고 저질한 밑바닥 것들의 미신쯤으로 깔아보았던 예수 따르미들이 누룩 번지듯 날로 불어나자 경쟁관계에 있던 이웃의 종교들과 로마의 제국주의 사제들은 손놓고 봐줄 수 없게 되었다 제국의 평화유지를 위해 소수민족의 종교가 허용되었던 정책 때문에 예수무리배를 없애려면 특단의 묘안이 필요했다 풍문과 낭설을 소문에 얹혀서 빨리 부패시킬 수 있는 추문이 가장 효과적인 방법으로 선택되었다 사면초가 예수무리들은 대중 대다수가 비아냥대는 말거리가 되고 말았다 제국주의 로마군대의 한 군인이 마리아라는 소녀를 겁탈강간했다는 것 예수는 바로 그 어린 소녀가 낳은 사생아라는 것이다 월남에 파병된 맹호부대를 연상시키는 판테라Panthera는 표범을 뜻하는 이름이었다 부대 이름인지 백인대장의 이름인지 한 병사의 이름인지 밝혀지지 않은 채 2천 년이란 세월이 흘렀다 그 사이 로마제국은 야만족에게 멸망했다 하지만 표범은 죽지 않고 아직도 살아남아 있다 살아남아 있을 것이다

바 리 데 기

누가 이 사람을 모르시나요

미얀마캄보디아베트남말레이시아라오스비율빈러시아중국북조선에

서 들어온

불법체류 이민족 매춘부들

금수강산 팔도를 돌며

승진과 좌천과 파면으로

마침내 노동의 유연성 구조조정 미명하에 퇴출당할 운명에 처한 물

기 빠진 언니들

몸뗑이가 무기이고 자본인 우리의 어린 딸들

늙고 병들어 실용성 없는 가족을 먹여살리려고

맨몸 들고 나선 생계형 바리데기들

짙게 바른 립스틱과

망사 스타킹이 무색하도록

손님 하나 만나지 못하고

하루를 공친 우리의 누이들

용도폐기된 잉여인간으로서

시대의 루저로서

수치심과

무안한 존재감을 감추기 위해

창피한 지들끼리 모여 조재잘거리는
그런 날
거울에 비친 얼굴들 너무 창백할텐데
창백할텐데
창피한 얼굴화장을 눈물로 지우는
전국구 바리데기들

하 가 르

이스라엘 사람들의 조상
아브라함에게는 첩이 있었다
첩은 이집트 여인 하가르Hagar였다
씨받이가 되어 아들을 낳았지만
혈통문제가 그녀의 운명을 꼬이게 만들었다
본부인의 시샘을 받고
어린 아들과 함께 물없는 황야로 내쫓겼다
죽어가는 아들 이쉬마엘Ishmael 앞에서
목놓아 울 때
하늘 문이 조금 열렸다
신이 고개를 내밀고 사연을 물었다
가까운 곳에서 샘물이 터져나왔고
살기 위해서는 물만 마실 것이 아니라
도망나온 곳으로 다시 돌아가야 한다고 했다
하늘의 뜻은 땅의 이치와 거의 같았다
만일 그때 아브라함의 첩 하가르가
사라Sarah 사모님의 등쌀이 무섭고
없지 않은 자존심 때문에 돌아가지 않았다면
이 땅위의 사람들은 알라Allah 신을 몰랐을 것이다

사주팔자

타고난 출생의 연월일시_{年月日時}

사주팔자_{四柱八字}가 사나운 딸년의 팔자가

서방을 둘 이상이나 섬겨야할 팔자를 타고난 팔자라서

서방 잡아먹을 딸년의 팔자를 어이하면 좋단말가

서방이 둘이라니 하나는 없애야제

액땜을 한답시고 사방팔방에서 비방처방을 구해놓고

과거보러 한양가는 애먼남자 애먼총각 한 번에 보쌈_{褓-}해다

귀한 집 아씨방에 제물삼아 들여놓고

운명이 그렇다며 하룻밤을 달게 재운 다음

아무도 모르게 천길 벼랑 만길 낭떠러지에 내던져 죽게 하니

여자팔자 사납기가 장난이 아니로세

여남자 차별않고 사람잡는 의문사

지금은 어느 하늘 아래서

누구의 팔자를 틀어쥐고 있을지 몰라

폭 무 曝巫

나랏님이 상선上膳의 수라상水刺床을 금하고

비단의 왕복 대신 상복차림을 하고

하늘님 앞에 군주의 덕없음을 석고대죄席藁待罪 허리를 조아려도

하늘문이 열리지 않을 때

국가대사 위난에 직면하야

인간사 길흉조吉凶兆를 전문으로 풀어내던

실력있는 전국의 유명무명의 박수와 무당들이 동원되었다

불타는 태양의 눈을 마주보고 서있도록 함이었다

대개는 무녀들이 희생양이 되었다

한 사람 두 사람

열 사람 백 사람 이백 사람 이상이 집단으로 동원되어

눈알이 터질 것 같은 충혈된 눈으로 태양을 바라보며

하늘이 동하기를 기원했지만

하늘은 끝내 감동하지 못하고

나라 안은 눈물까지 메말라버렸다

현자식자들의 지적에도 불구하고 어리석은 짓일망정

나라는 그런 액땜으로 기우의식祈雨儀式을 치러냈고

애먼 무녀들은 눈을 잃고 안맹眼盲이 되고 말았는데

눈먼 무녀들

눈이 멀어서 더 영험해졌을까

살아갈 앞날이 더 캄캄해졌을까

빌라도의 아내

생시에는 성질 사납고 괴팍하다는 남편 때문에
꿈속에서는 민심을 동요시킨 예수 때문에 괴로워했던
그녀의 이름은 클라우디아 프로쿨라Cloudia Procula
꿈속에서 그녀는 예수에 관한 일로 마음이 싱숭해졌다
꿈을 꾼 그녀는 확신을 가지고
유대종교 지도자들의 권모술수에 걸려든 부당한 재판에 대해
괜한 상관말고 손뗄 것을 남편에게 경고했다
그녀가 말한 것 때문인지 모르지만
나중에 본디오 빌라도Pontius Pilatus는 재판을 끝내면서 두 손을 씻긴
했다
문제는 그녀처럼 우리도 꿈으로부터 자유롭지 못하다는 것
그녀의 꿈은 재판을 뒤집을 수 있는 조짐 같은 것이었다
하느님 뜻대로 되냐마냐는 아무도 모를 일이었지만
만일 빌라도가 아내가 말한대로 재판을 진행했다면
예수는 죽지 않게 되고 죽어야할 예수가 죽지 않게 된다면
신이 작정한 일은 어긋나고 마는 것이었다
인간의 뇌활동으로서 꿈 현상에 관한 과학적 연구는
프로이트 이후 한정이 없지만
아직 그 정체가 확실하게 밝혀지지 않고 있다

예수가 행한 기적과 소문을 모르지 않았던

그녀가 꾼 꿈을 신의 계시로 볼 수도 있고

관료부인이 겪을 수 있는 잡몽으로 취급할 수 있는 것인데

꿈 때문에 기분이 찝찝해지는 걸 보면

분명 인간은 단일의식만 가지고 사는 것이 아니었다

어쨌거나 꿈과 생시가 얽힌 우리네처럼

성속聖俗이 뒤섞인 교회의 역사는 그녀를

성Saint 클라우디아 프로쿨라라고 했다

어떤 교회는 매년 10월 27일을

어떤 교회는 그녀의 남편 빌라도와 함께 6월 25일을 축일로 정했다

결정 방식은 꿈이 아니라 회의를 통해서였다

예 수

오 신이시여
왜 나를 버리시나이까

십자가 형틀에 매달려
죽어가던 사람의 아들 예수의 입에서
신을 향한 의외의 절규가 터져나왔다

그것은 인류애를 의료가방에 담고
아프리카 밀림 속으로 들어간
알버트 슈바이처 박사가
끝내 밝혀내지 못한
역사적 예수의 실존적 절대고독이었다

고난의 전문가
인간 욥Job도 감히 입에 담지 않았던
뜻밖의 발언이
버림받은 예수의 입에서 나왔다는 사실을 기록한
성서의 증언에 대해 나는 감사한다

나의 하느님
어찌하여 나를 버리시나이까

만일 편집자들이
이 구절을 삭제해버렸다면
지금의 성서가
두꺼운 부피에도 불구하고
무게는 가벼웠을 것이다
사람들에게 버림받았을 것이다

피 에 타 상

혼절한 여인처럼 주저앉은 성모의 비탄이 새겨진
차가운 대리석 피에타Pieta 像
하늘을 향해 저항의 몸짓이라곤 한 점도 보이지 않는
성모 마리아의 무릎 위에
미카엘 천사장Michelangelo은 피 흘린 예수의 시신을 올려놓았다
정신이 빠져나가고
육신뿐인 성모의 얼굴을 주목해 보노라면
그렇게 무표정한 얼굴일 수가 없다
표정이 없으니 심사가 읽히지 않는다
처음부터 정해진 신성한 기획이었기에
울고 슬퍼할 일이 아니었다는 것인지
축 늘어진 팔에는 도드라진 혈관까지 묘사되었지만
죽었으나 아직 살아있는 듯한
예수의 시신을 떠받치고 있는
마리아의 얼굴에는 눈물 한 방울 붙어 있지 않았고
미간은 조금도 일그러져 있지 않았다
자식을 잃어버린 땅의 어미들에게
저 대리석상은 과연 무슨 위로가 될까
평화로울 것도 소란스러울 것도 없이

성모의 영혼은 이미
아들과 함께 이 세상에 있지 않았다

십자가 나무

사철 푸르른 소나무 대나무의 기상과
참나무 밤나무 느티나무의 강직성도
예수가 못박혀 매달릴 십자가 나무는 아니었다
땅에 박힌 수직목으로는 편백나무를 썼다
시신에서 풍기는 악취를 막기 위해서였다
양팔에 못을 박았던 수평목은 종려나무를 썼다
골칫거리 예수를 굴복시켰으니 우리가 이겼다고
생각한 유대인들의 승리를 뜻했다
수직목을 고정시키는 받침목으로는 삼나무를 썼다
오랫동안 썩지 않아 사형수를 매달고 있을 것이니까
나무에 매달린 사형수 머리쪽에 걸어붙인 명패는
올리브나무를 썼다
유대인과 불화반목을 야기시킨 당사자가 죽어
평화를 되찾았다는 것이 이유였다
유대인들은 이렇게 네 가지 종류의 나무로
예수를 매달아 세울 십자가를 만들었는데
그들은 십자가 나무를 갈보리산 바위 아래에 숨겼다
왜 그랬을까마는 아마 찾으라고 숨겼는지
로마황제 콘스탄티누스Constantinus의 어머니

성 헬레나Saint Helena가 발견하기까지 그곳에 묻혀있었다

높이 3.7미터 너비 1.6미터의 형틀

2부

/

오
행
복
한
죄
여

성 탄 이 브

우리 교회 댕기는 망구望九 할매
언제 한 번 하느님을 본 적 없지만
산타클로스 저 노인
대체 어떤 영감인지 궁금했다
텔레비전에 나오는 저 양반
집집마다 댕기며 무얼 놓고 간다는데
한 번 봤으면 했다

지나가는 개만 보아도 반가운 노년의 고독
눈도 안 오는 이런 날
소식 없는 자슥들은 먼데서 살고
백년 전엔 상상도 못할 현실의 옆자리
공백은 의외로 컸다

저것 없으면 못산다던
우리교회 댕기는 망구 할매
그새 잠드셨네요
젊은이도 없고
새벽송도 없는

가난한 산골교회
한밤중 늙은 양을 지켜보는
목사 설교보다 재미난 텔레비전 말고는
천사도 산타도 그 곁에 없었다

성 탄 이 후

그리스도가 다녀간 이후로
세상은 더 밝아지거나
명료해진 것이 없다
훨씬 더 많은 해석과 관점과 입장들이
사람들의 판단과 이해를
더 깊은 혼돈과 심연으로 몰아갔고
그리스도가 강생하기 이전보다
더 많은 왜곡이 번성해졌다
더 많은 평화 대신
더 많은 전쟁과 위협이 증식하였다
길과 진리와 생명은
그리스도만의 독점물이 아니었다
흡사 유사 사이비 짝퉁 복제품이
다양한 방식으로 생산되었다
항상 존재하는 믿음 소망 사랑과 함께
불신 절망 증오 역시 언제나 있었다
세상의 고뇌를 떨치려 선경禪境에 들어간 석가모니
가는 곳마다 고통을 점검한 그리스도
두 분이 세상을 다녀갔지만

세계인류가 겪는 불행의 질량은

뚜렷하게 감소되지 않았다

숨 바 꼭 질

유년시절의 숨바꼭질
숨고 찾는 놀이의 즐거움은
숨어도 즐겁고
찾아도 즐거웠다

맨 처음 인간이 창조되고 얼마 뒤에
하느님이 숨어 있는 인간을 찾은 일이 있었다
양쪽은 하나도 즐겁지 않았다
서로에게 불편했던 그때 이후
신이 인간에게 많은 것을 요구하므로
놀이보다는 숙제 공부에 열중해야 했다

신을 만나는 인간의 조건은 아주 엄격해졌고
만남의 절차가 복잡하고 까다로워지자
만남은 드물어졌다
인간을 힘들게 하는 시간만 흘러가면서
사람들은 점점 신의 모습을 기억할 수 없게 되었다
시간 탓인지 기억력 탓인지
신의 모습은 가물가물해졌다

하느님을 만났다는 사람이 있었지만
그들의 말을 들어보면 인상착의가 서로 일치하지 않았다
서로가 자기 경험을 주장하면서 논쟁이 깊어졌고
신은 없다
신은 마음속에 있다
사람이 곧 신이다라는 주장까지 나오게 되었다
만물이 신이라거나
만물 속에 신이 존재한다는 나름의 입장도 생겨났다
어쩔 수 없었다
각자의 방식대로 신의 이름을 정했고
유무형의 형태로 신을 형상화했다

하지만 신의 이름으로 일으킨 전쟁은 인간을 파멸시켰고
각종 질병과 재난을 겪으면서
사랑 자비 생명 평화라는 공통된 신의 속성 때문에
사람들이 서로의 이질감을 좁힐 수 있었던 것은 다행이었다

아담아 어디 있느냐
하느님은 어디 계시나요

케 레 스

고대 시칠리아의 여왕 케레스Ceres는

탁월한 지능으로

황소를 길들이고 멍에 씌워 훈련하는 법을

백성들에게 최초로 가르쳤다

쟁기와 보습을 발명한 것도 그녀였다

도토리 같은 야생열매를 먹고 살던 숲의 사람들에게

곡식의 껍질을 벗기는 방법을 알려주고

돌을 이용해 밀가루를 만들고

효소를 넣어 빵을 만드는 법도 가르쳤다

여왕은 지극한 영광을 얻어 수확의 여신 데메테르Demeter로 격상되

었다

사람들은 유목생활을 그만두고

한곳에 모여 살 수 있는 도시를 건설하였다

그러고보면 도시는 농경문화로부터 발현된 셈이다

식생활의 변화로 육체는 세련되었고

팔다리는 원기가 왕성해졌다

이끼와 가시에 덮히고 무성한 채소로 가득 찼던 자연은

경작과정을 통해 인간에게 보다 아름답고 유용해졌다

야만의 시대가 이름하여 문명의 시대로 변하자

인간은 합리적 이성으로 사유하는 존재가 되었다

곡식생산기술을 터득한 이후

수많은 도시가 건설되었다

도시가 확장되자 국가와 제국이 출현했다

제국이전

도시이전

문명이전

농경이전

야생의 유목생활은

도토리 야생열매 동물의 젖과

갖가지 약초와 강물 따위가 지탱해주었다

자연법칙이 그들의 유일한 행동방식이고 생존방식이었다

그때는 완벽하지 않았지만 만족하며 살았다

소박하고 겸손하여 다른 사람을 속일 줄 몰랐다

오직 필요한 경우에만 새들과 동물들에게 적대적이었다

하지만

유목이후 농경이후

도시와 제국의 문명세계가 등장하면서

여태까지 공동소유였던 들판은

도랑을 경계로 나뉘어지게 되었다

경작을 감독하는 따위의 노동분업으로

내 것 우리 것이라는 단어가 생겨났다

그 결과 공적이고 개인적인 평정은 위협받게 되었고

품위 없는 가난과 굴종이 저자세로 기어나왔으며

싸움과 증오와 잔인한 전쟁과 불타는 질투심이

화살처럼 빠르게 번져나갔다

이리하여 곡식을 거둘 때 쓰던 낫은

사람을 죽이는 날카로운 검으로 변하였다

지배와 피지배

정복과 강탈의 호전적 전쟁으로

들판은 공포에 사로잡혔고

기대한 만큼의 곡식을 내놓지 못했다

식량이 부족해지자

배고픔은 원시시대 때보다 혹독하였다

쓰라린 굶주림은 원시의 숲속에선 몰랐던 것이었다

사려분별 없는 모진 배고픔이

가난하고 무력한 이들의 거처로 강도처럼 침입해 들었다

어느 시대나 죽음은 항상 있었지만

야만시대의 죽음이
문명시대의 죽음보다 더 품위가 있었다
비록 미개하고 거칠었지만
지금의 세련된 철의 시대보다
케레스 이전의 황금시대가 훨씬 좋았다

알파고 아이고

옛날 옛날 어떤 나라에 네 명의 왕자가 어떤 특별한 기술을 배워야
할지 의논하였다 네 명의 왕자는 온 세상을 탐색해서 특수한 과학기술
을 배우자고 결정했다 다시 만날 약속 장소를 정하고 각자 생각하는 방
향으로 갔다 시간이 지나 왕자들은 정해진 장소에 모여 서로가 무엇을
배웠는지 소개했다

나는 한 조각 생물의 뼈만 있으면
그것에 붙일 근육을 바로 만들어낼 수 있는 과학을 배웠다

나는 뼈에 근육만 붙일 수 있다면
그곳에 피부와 털을 돋아나게 할 수 있는 기술을 습득했다

나는 근육과 피부와 털이 있으면
거기다 팔다리 사지를 만들어낼 수 있다

나는 사지가 완성되어 있으면
그것이 살아 움직일 수 있는 기술이 있다

이렇게 해서 네 명의 왕자는 자기들이 배운 기술을 실증하기 위해 한

조각의 뼈를 찾아 숲속으로 들어갔다 운명의 장난인지 그들이 발견한 뼈는 사자의 것이었다 근육을 붙이고 피부와 털을 돋게 하고 사지를 덧붙이고 생명을 불어넣었다 드디어 사납고 모진 야수는 치렁치렁한 발톱을 가지고 창조주들에게 달려들었다 사자는 그들 모두를 죽인 후 만족한 듯 숲속으로 사라졌다

아이고
인간은 신이 만들어낸 신의 알파고AlphaGo

원 더 우먼

구소련에 알라 쿠드리아쇼바라는 초능력을 가진 소녀가 있었다
소련 아카데미 연구원의 부탁을 받아
시골 집단농장에 갔다
땅에다 염력念力을 불어넣으려고
밭고랑에 앉았다
이제 막 정신을 모아서 땅을 지켜보고 있는데
별안간에 큰 통증이 엄습했다

땅이 어마어마한 고통으로 신음하고 있는 것이
이 소녀에게 전해졌다
살아있는 생명체인 땅이 아파서
소리를 지른다 몸부림을 친다
소녀는 이 생생한 모습을 보고 듣는다
땅이 트랙터 때문에 마구 짓눌리고
독한 비료나 농약 때문에 죽어가고 있었다

게다가 오늘의 농부들은 옛날 농부들처럼
땅에 대한 애정이나 공경심 없이 일을 한다는 것
이것을 체험한 알라라는 소녀는 한동안 몹시 앓더니

상당 기간 마음과 몸을 정화하기 위해

단식을 하고서야 비로소 회복되었다

죄 짓 고 싶 어 라

봄 없는 겨울내내
사각 링 같은 방안에서 지냈다
이불 속에 성장이 멈춘 몸을 눕히고
결핍을 보충하려 채소 같은 시를 약처럼 먹었다
그러는 사이
봄은 오고 겨울은 갔다
가버린 겨울이 어디로 갔는지
나는 신경쓰고 싶지 않다
시집을 덮고
이불을 제치고
방문을 열고
밖으로 나와보니
세상은 온통 봄의 뜨락이다
게으름뱅이 시인들아
일어나 함께 죄지으러 가자
자본의 겨울 동안 우리 영혼은 수척해졌나니
창조주의 정원으로 들어가
최초의 인류처럼 신의 은총을 훔쳐내자
그 은총으로 우리의 궁핍한 삶을 살찌우자

산과 들이 춤추는

신의 심포지움Symposium, 饗宴에 동참할 수만 있다면

여하튼 무슨 죄라도 지어보자

오 행복한 죄여

죄짓기는 얼마나 쉬운 일인가
아무나 거룩해질 순 없지만
누구나 죄짓기는 쉬운 일이라니
자격을 요구하지 않는 죄의 보편성이여
죄의 대중성이여
선인과 악인에게 차별없이 햇살 내리듯
죄는 모든 사람을 공평하게 대하는구나

예수고난을 실감하는 사순절이
대한소한 엄동설한에 들었더라면
모든 죄악은 동결凍結되었을 텐데
하필 사순절이 자극 심한 봄철이라니
어쩔 수가 없네
숨길 수가 없네
내가 죄인이라는 것을
내가 죄짓고 있다는 것을

내가 죄에게
죄가 나에게 착 달라붙기 쉬운 계절이라는 것을

죄가 아니면 신의 은총을 맛볼 수가 없다니
놀라운 역설이어라
복되어라 신비로운 죄여
행복한 죄여

살 아 있 는 죄

예수도 죽고
나도 죽어야 할 사순절四旬節이
하필이면 입맛 돋구는 봄철에 들어 있습니다
어장이 형성되는 만선풍어의 계절답게
은총의 그물 한 번 던지면
죄 많은 물고기들 적잖게 잡을 수 있습니다

봄날 한 차례 비만 내려도
쑥쑥 솟아나는 푸른 잎새들
한 점 쾌락에도 무게감을 느낄 수 있는
고감도 죄성罪性처럼
땅을 일구는 농부의 영성靈性이 살아나기를
티끌 같은 자극에도 반응하는
고성능 죄성만큼이나
거룩한 성성聖性이 살아있기를

죄가 나를 찾고 있다
살아있는 동안 같이 살자고
부르지 않았는데

초대하지 않았는데
문 두드리며 찾아온다
죽어 내 영혼이 하늘나라로 올라가면
살아남은 죄는 어느 누구에게로 갈까

안녕
나를 철들게 한 죄여
안녕 굿바이
사람을 좋아하는 죄여
늙지도 죽지도 않는 젊은 죄여

국가가 저지른 죄

패권다툼으로 전쟁이 빈번하던 로마제국
내전이 발발하자
아버지 율리우스 만수에투스Iulius Mansuetus는
제3군단에 소집되어 전쟁터에 나갔다
그때 집에는 미성년의 아들이 하나 있었는데
아버지가 없는 사이 성년이 되자
제7군단으로 들어가게 되었다
피아 식별이 쉽지 않은 전장에서
아버지와 아들 두 사람은
우연히도 상처를 입고 쓰러진 상대와
눈이 마주쳤다 상대방은 서로
아버지와 아들인 것을 알아봤다
아들은 죽어가는 아버지를 끌어안고
비통한 목소리로 외쳤다
이 범죄는 국가가 저지른 것입니다
아들은 아버지의 시신을 파묻어
아버지에 대한 마지막 의무를 이행했다
많은 병사가 이 불상사를 알게 되었다
온 전선에 놀람과 한탄

그리고 가장 잔인한 전쟁에 대한 저주가 쏟아졌다

그럼에도 불구하고 병사들은

친인척 형제들을 살해하고 약탈하기를

전보다 게을리하지 않았다

그런 행위를 범죄라고 말하면서도

그런 행위를 멈출 수는 없었다

지상의 모든 전쟁이라는 화난火難의 불길을 역추적해 보면

발화점은 거의가 국가권력이 내던진

국익이라는 욕망의 불씨에 있었다

모든 전쟁은 국가의 이름으로 저질러진 죄악이라는 것

비록 그 전쟁이 평화를 목적한 것일지라도

부인하지 못할 명백한 사실이었다

3부
/
상사병 특효약

처 녀 감 별 법

앵무새 피를 팔목에 묻혀본다
피가 잘 묻으면
처녀
진짜 숫처녀다
피가 묻지 않고
그냥 흘러내리면
처녀 아니다
진짜 가짜 처녀다

사람 잡던 조선시대
총각 감별법도 있어야 했다

앵무새 피를 거시기에 묻혀본다
피가 잘 묻으면
총각
진짜 숫총각이다
피가 묻지 않고
그냥 흘러내리면
진짜 가짜 총각이다

정 절

조선 오백년

여성에게 주어진 지독한 멍에는

정절貞節 이데올로기였다

특히 난리통엔 그 진정성이 발휘되었다

피난길 어린 몸종을 거느린 양반집 마나님

숨차게 나루터 도달하고보니

만원 사람을 실은 배가 막 떠날 참이었다

사공이 내민 손을 붙잡고 배에 올라 한참을 가노라니

아뿔싸

외간남자의 손이 내 몸에 닿았구나 싶은 생각이 불현듯 들었다

소문이 돌면 살아도 사는 게 아니다 싶어

그냥 물속으로 뛰어들었다

뒤따라 어린 몸종마저 몸을 던졌다

사람 죽이는 정절

전쟁통 난리통보다 무서운 정절 이데올로기

함부로 손잡을 일 아니다

원 한 猿恨

조정朝廷에서는 해마다 몇 차례씩
명明나라에 인사차 다녀오는 행차가 있었다
어느 해 정조사正朝使 일행이 북경에 갔다올 때
동행했던 상인이 원숭이 한 마리를 사가지고 왔다
그 원숭이는 마침 새끼를 배고 있었다
이미 우리나라로 들어오게 되자
원숭이는 슬퍼하며 머뭇거리면서 앞으로 나가려 하지 않았다
상인은 원숭이를 달래고 위로했다
원숭이가 도중에 새끼를 낳게 된 사정이었다
상인은 소매 속에 새끼원숭이를 넣고 가면서
때로는 꺼내어 젖을 먹게 해줬다
하루는 원숭이가 새끼를 빨리 꺼내달라 하더니만
머리 위에 새끼를 이고는 사람마냥 걸어가는 것이었다
자랑스러웠을까 이뻐서였을까 모를 일이었지만
느닷없이 소리개가 내리덮치더니 새끼를 채가버렸다
어미 원숭이는 슬픔을 이겨내지 못하자
상인은 또 위로하기를
네가 비록 슬퍼한다 하더라도 어찌하겠는가
원숭아 너의 마음을 너그럽게 가져라 하였다

객관에 이르자 어미 원숭이는 문득 그 집의 닭을 잡아

털을 뽑고 머리에 이고서는

소리개가 새끼를 채갔던 방향으로 빙빙 돌아다니는 것이었다

영락없이 소리개가 또 내려와 움켜쥐려 할 때

어미 원숭이는 날쌔게 소리개를 잡아채

사납게 찢어 죽이고는 쌓인 분을 푸는 것 같았다

그런 일이 있고 나서

원숭이는 상인이 낮잠을 자는 사이에

고삐를 풀어 목을 매 자살하고 말았다

옛 날 에 는 그 랬 다

아주 아주 오랜 옛날 옛적에
하늘 아래 어떤 나라에 왕과 왕자가 있었다
왕자의 생모는 일찍 죽고 없었다
새로 들어온 젊은 계모는
뜻밖에도 왕자를 사랑하는 육욕에 시달렸고
갖가지 유혹을 연출해보았지만
젊은 왕자는 흔들리지 않았다
사정이 이렇다보니 뻔한 얘기대로
계모는 왕자를 모함에 빠뜨렸고
왕자는 두 눈이 뽑혀 쫓겨나게 되었다
소경 신세가 된 왕자는 걸식 행색으로 떠돌아다니다가
아버님 궁성까지 오게 되었다
소경거지의 구슬픈 노랫소리가 왕의 귀에 들어갔고
왕은 그를 데려오라 했다
걸인의 사연을 뒤늦게 알게 된 왕의 가슴은
수십 개의 칼에 찔린 것같이 아팠다
왕자의 눈을 살려내기 위해
신통방통한 아라한阿羅漢이 제시한 대로
부처님 설법을 강론한다고 뭇백성에 알렸더니

중생들은 저마다 그릇 하나씩을 들고 모였다
강론을 듣던 청중들은 눈물을 흘리지 않을 수 없었고
각 사람은 가져온 그릇에 눈물을 받아냈다
한데 모은 눈물로 왕자의 눈을 씻겼더니
왕자는 두 눈을 다시 보게 되었다

자 영 업 자

이력서에 기재될

학력경력 각종 자격증

세상이란 직장에 취직하기 위해

요구되는 스펙의 두께에도 불구하고

백수실업무직자로 밀려났다

내가 나를 개발계발관리경영운영해보려고

각종 처세술을 숙독숙지하고 마침내

내 몸을 사업자본 밑천삼아

가족의 생계

자녀학자금 병원비 학원비 마련하지 않으면 안되는

자영업자가 되었다

삶을 긍정하고

적극적 사고방식이라 쓴 부적을 가슴팍에 붙이고

스스로에게 주문을 거는

나는 자영업자

풍파 심한 바다 같은 험한 세상

오딧세우스처럼 귀막고 살 수 없네

호메로스처럼 두 눈 감고 살 수가 없네

누가 뭐라 안해도 주체적으로다

때마다 철마다 눈치껏 할 일은 하고
챙길 것 챙겨야 하는
나는 1인 CEO
아무도 나를 위해
나를 대신해서
예수처럼 희생할 수 없나니

모나 리자

레오나르도 다 빈치가 그린
리자 여사의 초상화 모나 리자Mona Lisa에 대한 몇 가지 가설

눈썹을 뽑는 것이 당대의 미의 기준이었다
아직 완성시키지 못한 미완의 작품이다
그림을 청소하다 눈썹이 지워진 것이다

가설마다 이마를 지적해 말하고 있지는 않다
지성미를 상징하는 이마를 돋보이게 하려고 했다는
제4의 가설에 나는 방점을 찍겠다

결혼하고 자녀를 낳아 기르고
돈까지 벌어야 하는
여자여 그대는 아직도 모자르다
관능미 지성미와 경제적 매력까지 확보해야 하는
나의 모나 리자
커리어우먼이 되기에는 턱없이 모자르다

이마를 넓히고

눈썹을 밀고

코를 세우고

턱뼈를 갈고

광대뼈를 깎고

계란형 동안형에 청순한데다

밤을 환하게 밝힐 수 있는 몸매까지

오 나의 모나 리자여

아직도 무엇인가가 모자르다

아 마 조 니 아

스키타이족Scythian에게 학살당한 남자들은 많은 부인들을 과부로 남
겼다
　　과부 신세가 된 여성들은 복수심에 불타올랐다
　　죽음을 모면한 소수의 남자들과 한데 뭉쳐
　　침략자들을 몰아냈고
　　이웃나라에 맞서 전쟁마저 불사不辭했으며
　　본성을 재촉하는 욕망 때문에 이방남자와 살을 섞는다면
　　아내가 되는 것이 아니라 노예살이뿐이라는 결론을 내렸다
　　그리하여 그들은 살아남은 남편들마저 모두 죽여야 했다
　　이것은 불공평한 행복을 포기하고
　　공평한 불행을 함께 하자는 목적이었다
　　불가피한 한 가지 일은 혈통을 잇기 위해
　　이웃지역 남자들과 몸을 섞는 것이었는데
　　임신이 되면 즉시로 돌아왔다
　　사내아이가 태어나면 죽이고
　　여자애만 사내아이처럼 강하게 키웠다
　　일찍이 어린 여자아이의 오른쪽 젖가슴을 불로 지지거나
　　약물을 써서 발육을 정지시켰다
　　전투에서 활쏘기가 방해되지 않게 함이었다

아마조니아Amazonia란 말은 이렇게 해서 생겨났다

여자로 태어나

여자로 살아가기 위한 육체의 재구성

눈을 파낼까

마음을 오려낼까

죽을 운명인데도 죽지 말고 살아야 한다며

현실은 많은 걸 주문하고 제작하려 한다

고 행

미색이 절색인 과부에 대한 이야기를
나는 언젠가 책에서 읽은 적이 있다
한 나라의 왕이 청혼할 정도로
그 과부는 미인이고 가인이었다

재가할 수 있는 기회가 그녀를 찾아왔다
하지만 죽은 지아비 때문만이 아니라
어린 자식이 고아되게 할 수 없어서
나랏님의 청혼을 기꺼이 거절하였다

과부의 얼굴을 파수把守 보던
미모의 콧날을 베어 자형自刑한 사실을
왕의 신하가 사실을 그대로 보고하였더니
왕은 과부의 의리와 행실을 훌륭하다 높이고
그 몸을 용서하였으며
고행高行이라 호號를 내렸다

과부의 덕목인 정절 수절에 대해
그때는 맞고

지금은 틀리다거나
그때는 틀리고
지금은 맞다 식으로
말로는 다할 수 없는
어떤 차원이 있는 것 같다

단 종 대

종자가 불량하고 위험하다고 격리수용된
한센인들의 섬 소록도小鹿島 단종대 내부
뭉그러진 혼령들이
금방이라도 튀어나올 것 같은
수술실 복도 회벽 곳곳마다
빛바랜 서체書體들이 가득했다
손가락이 떨어져나가기 전
지상에 새겨둔 마지막 육필 흔적이었다

현장을 방문한 일행과 거리가 생기자
나는 어떨까 싶어 단종대斷種臺 위에 누워보았다
눈을 감았다
갑자기 꺼져가는 비명소리가 들려왔다
소름이 돋고
나의 거시기는 번데기처럼 오므라들었다

속이 메스껍고 토할 것 같았다
단종대를 피해 화장실로 뛰어갔다
놀랍게도 구더기들이 꿈틀거리고 있었다

104

번식에 번식을 거듭하여
아직도 거기 살아남아
비상飛翔을 꿈꾸고 있었다

다행히 밖으로 나갈 수 있는 문이 그쪽에 있었다
배에 오르기 전
나는 발에서 먼지를 털었다
육지까지 5분도 안 걸리는 갑판
누군가 나의 토막잠을 흔들어 깨웠다

손금

이 손 안에 있다
한 사람의 운명이
어떻게 펼쳐질지는
손바닥 안에 그려져 있다
하늘이 손바닥에 새겨준 길로 가야 할지
손바닥 안의 길과 정반대 길로 가게 될지
알 수가 없다
내 손바닥 안으로 들어온 내 운명일진대
내 맘 내 뜻대로 되지 않는 인생길이라니
미로처럼 복잡한 인생길
내가 이 세상 나올 때
잘살다 오라고
하늘이 그려준 인생지도
찬찬히 들여다보다가
두 손 모아 돈수백배頓首百拜

점 占

책점冊占이라는 것이 있다
책을 통해서 신탁을 받는 것이다
책점은 어떻게 보는 것일까
우선 천사나 요정이 발디딜 만한 바늘 끝으로
두툼한 책갈피 사이를 찔러넣는다
바늘에 찍힌 책의 위치를 펴본다
그쪽에 기록된 내용을 경건한 자세로 읽어본다
그것을 신탁으로 받아들인다는 것이다

인점人占이란 것이 있다
사람을 통해서 신탁을 받는 것이다
인점은 어떻게 보는 것일까
우선 집밖으로 나섰을 때
제일 먼저 만나는 사람에게서 듣는 말을
그날의 신탁으로 경청하는 것이다
전화한 사람이어도 좋다
자동차를 타고 가다 끼어드는 사람이어도 좋다

물 꼬 싸 움

아주 옛날에 있었던 일인데요
어느 산골마을에 과부와 홀아비가 있었는데요
아랫논은 과부가 농사짓고
웃논은 홀애비가 농사짓고 살았다네요
가뭄이 들어서 하도 물이 귀한지라
서로들 몬자 자기네 논에다가 물을 댈라고 하다봉께
아랫집 과부와 윗집 홀애비가 말다툼으로 언성질 삿대질을 하다가
그 끝에 화가 사정없이 치밀어가꼬는
그만 엉겨붙어 엎치락뒤치락 육박전이 나불렀다네요
가뭄들기로는 과부홀아비도 마찬가지라
헝클어진 몸과 몸이 자음모음으로 착 달라붙어부렀다네요
힘은 과부가 더 쎄고
홀아비는 기운이 달려 과부 몸집에 깔려부렀다네요
밑에 깔려 바둥대다보니 성질은 날대로 나불고
남자 체면은 구겨질대로 구겨져가꼬 어짜거써요
오메 글씨 그 엠벵할 홀애비가 과부젖통을 팍 물어부렀다네요
그 다음에 어찌되었는지 모릅니다만
논에 물대기가 그 지경이었다는 이야기일텐디
우리교회 나오는 집사님 얘기로는

108

정말 진짜로 있었던 일이라고 하네요

상사병 특효약

첩첩중중의 산속 마을
깡촌 시골 농촌에도
애정이란 게 활동하고 있어서
농번기 환장하게 바쁜 철에
상사병이란 게 걸리믄
제아무리 착한 농부래도 그만 일손이 묶여버리고 만다
엠병 지랄허고 자빠졌네 속터지는 아낙네 심사로
병이 있음 약도 있는 뱁
돼지똥을 볶아서
뜨거운 물에 탄 다음
건데기는 놔두고
물만 마시게 한다는 비법은
부인네들만 알아서 할 일이었다

궁하면 통한다고
벽촌 시골 촌부들까지 알고 썼을 법한
조선팔도에서 유통되던
기발奇拔한 처방이었더니라

개똥 닭똥 소똥 고양이똥도 아니고
염소똥 사람똥도 아닌
돼지똥의 신비

과연
몇몇의 남정네들에게나
이 약발이 멕혔을까

4부

/

우리가 잃어버린 것들

피 사 리 1

하필 이름을 피라고 했을까
이게 정말 피 혈血과 무슨 관련이 있는 말이런가
매혈도
헌혈도
수혈도
채혈도
출혈도 아닌
충혈된 눈
핏발선 이마로
피뽑는 피사리를 하면서
나는 생각했다
농사는 기쁨인가 기분인가
행복인가 항복인가
아니면
고단한 노동일뿐인가
화학무기를 동원해서 싸워야 하는
병충해와의 전투인가
날씨 눈치를 봐야 하는 종교적 행위인가
아니면 그저 자연에 순응하고

적응해야 할 운명에 맡길 일인가

식물이 얼마나 날카로운 잎사귀를 무기처럼

날세우고 있는가는

논밭에 들어가 느끼고 경험해 보면 안다지만

도대체 누가 이 피를 씨뿌렸나

탄저병 문고병 잎마름병 같은

갖가지 병에도 안 걸리는 질긴 생명력을

왜 식용화하지 못했는가

인류의 무능을 비판하면서

피약을 치고

제초제 분사하는 흙투성이 농심을 향해

핏대 세워가며

생태문제를 거론할 능력이 내겐 없었다

피 사 리 2

벼잎 짱짱한 무논에 들어가 핏대를 뽑아냈다
핏대 끝에 찔렸는지
벼잎 끝에 찔렸는지
눈이 깔끄럽고 성가셨다
하룻밤 자고 나면 괜찮겠지 했는데
계속 불편했다
병원에 갔다
눈의 동자가 제대로 찔렸다고 한다
조기에 손쓰지 않고 방치하면
곰팡이균 때문에 실명失明할 수도 있다고 한다
아직 딱 맞는 치료약이 없단다
오늘 우선 약 먹고 안약 발라보고 내일 또 나오란다
뜬금없이 다가오는 불행이 사람의 일이라
만약의 경우를 생각해 보았다
실명하고 나면 무얼 할 수 있을까
안마소를 전전하거나
구걸할 걸 생각하니
캄캄한 것이 마음을 덮었다
다른 방도가 얼른 생각나지 않았다

이제 책은 다 보았고
마누라 얼굴은 다 봤구나 했다
설마설 마설마
그러지는 않겠지
그런 일은 없겠지
그런 일은 없었다

사 리

벼의 일생에서 수도자의 고행에 찬 면모를 본다
농부의 눈을 이식移植하고 나서 생긴 인식이다

태양사제가 다비식茶毘式 치르는 오뉴월 들판과
삼복더위 삼 세 번의 김매기 번제단燔祭壇 위에서
불심佛心을 시험하는 불길을 통과하고 나온 듯
황금빛 법의를 걸친 벼의 물결이 찬란하다

침묵과 면벽 좌선으로 노쇠해진 몸
열반하기 딱 좋은 가을날
하늘의 불가마가 숯불로 식어갈 즈음
벼의 몸에서 떨어져 나온 사리舍利 알 속엔
수행의 깊이가 영롱하게 서리어 있다

햅쌀 같은 사리 한 공기로
햇밥을 해먹고 싶다

따순 이밥 한 그릇 먹고 죽으면
내 육신의 잿더미 속에서도

살아온 날들 검증해줄
사리 몇 개 건질 수 있을까

우리가 잃어버린 것들

산골의 치운 겨울밤은 참 길고도 깊다
텔레비도 없이 심심한 방안
스릴 같은 것이라곤 하나도 없는
민둥산 할머니 등에 업힌 채
잠 안 자고 보채며 울어대는 막무가내 필살기

호랭이 호랭이
호랭이 할애비의 할애비의
할애비까지 동원된 공갈협박도 소용없는가
눈 하나 꿈쩍않고
가는 모가지 척 꺾고서 내지르는 무차별 저항
업고 안고 얼르며 달래는 할머니의 내공耐空도 별 수 없구나

아이고 우리 강아지 꼬깜주까

마침내 인생 최고수가 던진 비장의 일격을 받고
그제서야 뚜욱 그치는 울음 비雨
하해 같은 품안에서 천진스레 풀어지는 무적의 성깔
팽팽하던 방안의 기싸움은 이렇게 끝이 나고

오물오물 피어나는 달작지근한 곶감꽃이라니

언감생심焉敢生心 밖에서는 아까부터 함박눈이 내리고
존심은 존심대로 상한데다
배부를 것 하나 없이 겁만 잔뜩 집어먹은 호랑이 3세
희미한 전설 속
지금은 빼앗긴 강산이며
수상하게 변해버린 야성의 들판까지
무서움을 모르는 세월의 폭력이 무서버서
왔던 길 무참無慘하게 되돌아갔다는
전설 속 그 호랑이
어디로 사라졌는지 지금은 아무도 모른다

나 돌아가고 싶다

버꿍접동 두견杜鵑이는 실컷나게 추천鞦韆을 논 후에

땀도 나고 송굿송굿 솟아오르는 춘흥에 못 이겨

향단이 대동하고 동림천東林川 들어가 목욕을 하려 하여 물가로 내려

갈제

물가에 접붓 서서 끈을 끌러 치마 벗어

접첨접첨 넌짓개어 암상巖上에 접어 얹고

고름끌러 저고리 벗어 벽도지碧桃枝에 접어 걸고

끈을 끌러 허리띠 벗어 돌돌 말아 한편에 놓아두고

속곳벗어 암상에 접어 얹고

바람에 옷날릴까 조약돌 덤벅집어 가만히 지질러 놓고

사면을 살펴보다가

애 향단아 잘 보거라 망望을 부탁하더니

물에 텀벙 뛰어들어

물 한 줌 덤벅집어 양치질도 하여보고

물 한 줌 덤벅집어 도화桃花같은 두 귀 밑을 홀랑홀랑 씻어보며

물 한 줌 덤벅집어 연적硯滴같은 젖통이를

왕십리往十里 마누라 풋나물 주무르듯 주물렁 주물렁 씻어보며

물그림자 들여다보고 네가 고우냐 내가 곱지

한참 이리 노니는 양을

남원부사南原府使 그 잘난 자제子弟 이도령이 보더니만

심사가 산란하여 부르르 몸을 떨며 방자房子를 부르는디

(둥 둥 지 둥 덩 둥 덩 지 둥 덩)

춘향전에 이런 사설辭說이 있었던가 하도 재미나고 우습기도 하여 여러분과 함께 나누고 싶은 한 대목이올시다 기가 막힌 사설에 무릎을 치며 소리내 웃고 웃다가 어쩌다 보니 내 웃음은 좀 축축해졌다 이팔二八 청춘 방년芳年 열여섯 묘령妙齡의 큰애기 몸둥이가 잉어모양 요동치는 동림천 맑은 물에다 꽃 좋은 광한루 풍광이라니 그때는 그런 시절이었다 신윤복 김홍도 풍속도에 나오는 햇살 고인 넉넉한 마당이며 먹감고 빨래하던 골짜기 아낙네들 먹음직도 하고 보암직도 하던 그 푸른 엉덩이 출렁하니 능청스런 풍경을 훔쳐보던 갓 쓴 선비들의 무탈한 일탈과 건성으로 망보는 향단香丹이와 엉큼 의뭉떠는 방자의 은근슬쩍 곁눈질을 숨겨주던 바위 틈이나 나무등걸 뒤 사정을 아는지 모르는지 다 큰 처자가 스스럼 없이 옷 벗고 물에 들어가 알몸을 씻다니 외설스럽다 소문날 것도 없는 정결한 일상을 안고 사심없이 흐르던 개울이 있었다 풍운지회風雲之會의 산야가 너무 황홀하여 사랑을 손짓하는 벌나비 꽃길과 우거진 수풀에 크고 작은 새들의 구애소리 쟁쟁하던 울도 담도 없이 쩍벌어진 고향 땅 뒷산이며 생명을 낳아 먹이고 키운 어머니 품 같은 들판에서 뒹굴다가 벌러덩 드러누워 풀피리 입에 물고 뭉게구름도 치어다보면서 꾀벗쟁이 동무들과 뛰놀던 그런 시절이 있었던가 생각하자니 이제사 아담이브 알몸의 옛 동산을 잃어버린 눈먼 세월의 과속이 견뎌내기 힘겨웁다 집으로 돌아가는 황톳길마저 생살뜯겨 상처뿐인 산하山河 시멘트 콩크리트로 깁스Gips한 동서남북 팔도사방 어디 어느 구석과 산골 농촌 시골에 간다한들 저만치 한가로이 풀뜯는 누렁소 한 마리 뵈이지 않을 언덕배기는 자식을 앗기고 통곡하는 늙은 어미의 야윈 젖주머니가 되었다 아아 지금의 수상한 세월을 탓하여 무엇하랴 더이상 누구도 훌훌 옷 벗고 둠벙 속으로 뛰어드는 망측한 일은 없을 것이니 옛날옛적의 백현청학白玄靑鶴이나 날아들 깊고 깊은 은밀한 계곡의 목욕하는 선녀와 그걸 훔쳐보던 나무꾼이 그리워서 돌담길 돌고돌아 전설이 익어가는 초가집 아랫목에 누워 옛날 이야기 해달라 칭얼대던 어릴적 그 시절로 나 지금 돌아가고 싶으다

식 목 일

봄날

황사재앙 이겨낸

흙마당 한 귀퉁이 쪼그려 앉아

순하게 부서지는 햇살 몇 조각 집어먹다가

아직 아무도 독점하지 않은 무량의 햇살 한 바가지 퍼담아

거기 詩(씨) 한 알 심기로 한다

가슴 살 한 점 떼어다 거름으로 넣어주고

눈물로 물을 붓고

소리없는 웃음을 얹어서

내 몸의 근본인 생흙을 덮는다

땅속에 묻힌

가슴이 울렁울렁 입덧을 한다

흙에서 나온 아기

아까운 봄날이 새색시처럼 이뻐서

나는 내 종자를 뿌려

늦둥이 하나 만들고 싶어진다

예수님처럼 동정녀의 몸을 빌리고 싶지는 않다

많이 사라지고 변질되긴 했어도

아직 남아 있는 그루터기 흙의 자궁을 빌려

흙 냄새 나는 흙의 아기를 갖고 싶다

흙의 아기가 세상에 나오는 날

흙의 가슴에다 아기의 발도장을 찍어주리라

그리고 속삭여 말해 주리라

아가야

이게 흙이란다

아무것도 선한 것을 만들어낼 수 없는

불임의 콘크리트가 도무지 흉내낼 수 없는

아가야

너는 바로 하느님의 흙으로 만들어졌단다

아가야

너의 근본은 흙이란다

그러니 흙을 사랑하고

평생토록 흙을 의지하고
흙과 더불어 살아라
너를 낳은 흙이니
결코 너를 저버리지 않을 것이다
그리고 아가야 네가 알아야 할 것은
봄날 너와 함께 태어난
너의 형제들
너의 사촌들
너의 이웃들과 평화로이 지내거라
여유가 있다면
쥐와 모기의 존재 이유를 알아보기 바란다

5부

언젠가 우리도 어쩌면

살아야 한다

3분의 2의 신성과
3분의 1의 인성을 소유한 성인도
정신이 8할이고
물질이 2할뿐인 지성인도
인간은 흙으로 돌아갈 필멸의 존재

아무도 이겨내지 못한 세월 앞에
한 사람 예외 없이 모두 무릎 꿇었다
지나간 역사가 키워낸
낙천 비관 염세 허무로도 규명하지 못한 엄연한 사실

호메로스Homeros의 초인적 영웅들과
969세를 살다 간 인간 므두셀라Methuselah와
4847년의 수명을 자랑하고 있는 므두셀라 나무에게 물어보아도
무엇이라 정의할 수 없는 생몰의 법칙

神이 되고자 했던 아담 이브여
영생을 갈망했던 길가메쉬Gilgamesh여
풀잎에 묻은 먼지 같은 흙의 인간을 위로하라

모래 위에 새긴 손톱자국 같은
무상한 삶의 자취를 공감하라
영원의 세계를 소망하면서
오늘은 무엇을 먹을까
내일은 무엇을 마실까 염려하는
인생의 가련함을 불쌍히 여기라

흐르는 물과 같은 세월 속에 흔적을 남기고자 애쓰는
종착지가 동일한 그대와 나
한 가지 기쁜 일로
아홉 가지 불행을 견뎌내야 하는 사람아
살아있다는 이유 하나만으로
칠십 가지 고통을 감내해야 하는 사람아

세월이 아무리 힘들어도
끼니마다 남한테 얻어먹고
숨차게 달음박질하더라도
죽으면 안 된다
꼭 살아야 한다

어제 먹은 밥 오늘 또 먹고

어제 잤던 잠 오늘 또 자더라도

나쁜 맘 먹지 말고

맘 단단히 먹고

사는 데까진 살아야 한다

낳고 낳고 낳고

세계 최고의 베스트셀러 별명이 붙은 바이블Bible

인문학적 기세로 성경 한 번 읽겠다고 맘먹어보지만

번번히 좌절하고 포기하게 된 데는

그만한 까닭이 있다

독자가 아닌 책 자체가 가지고 있는

지겨움과 지리함 때문이다

누가 누구를 낳고낳고낳고를 반복하는

구절의 단조로움으로 이 세계가 여기까지 왔다는 사실을 깨닫기까지

성서는 특이점 없는 일상적 잡소리에 지나지 않을 정도였다

사람이 사람을 낳는 일만큼 큰 일이 또 어디 있으랴

누군가 당신을 낳지 않았다면

당신은 누구도 낳지 못하리라

무엇인가를 낳고

누군가를 낳는다는 것

프로이트 박사의 집

이곳은 프로이트Sigmund Freud 박사님이 사는 집입니다
이드id 에고ego 슈퍼에고superego로 지어진 구조물인데요
지옥 연옥 천국 같은
전생 현생 후생으로 연결된 심층心層 건물입니다

원룸이나 아파트 같은
지금의 수평적인 주거공간이
인간관계나 인격형성에 어떤 영향을 미치는지 알 수 없지만
심층공간이란 그렇게 간편한 구조물이 아니라서
평면화하고 단순화시킬 수 없는 것이잖아요

우리도 유년시절 술래巡邏잡기를 하다가
잠들어버렸던 장롱이나
기어서 올라갈 수 있는
꿈의 다락방이 있음 좋겠습니다

한 집안의 고고학적 가치가 있는 유적지로서
광이나 헛간 같은
지하공간 한 곳쯤은

사람 사는 집에는 꼭 있어야 하겠습니다
제3의 공간이 있으면 좋겠습니다

아스라한 추억 한 점과
잊혀진 옛날 사진 한 장은
거개가 다락이나 지하실에 감춰져 있고
간직되어 있기 때문에
생의 어느 지점에 다다르게 되면
마르셀 프루스트의 잃어버린 시간 같은 것들은
그런 곳에서 찾게 될 것입니다

아흔아홉 칸 불켜진 환한 집도
어둑한 다락과 지하공간이 없다면
사색을 원치 않는 군대와 다르지 않기 때문입니다

장 맛

집쥐와 집구렁이가 빠져나가는 것을 시작으로
한 집안이 망하려면
그 집의 장맛부터 변한다고 하는 말은 장난이 아니다
맨 처음 누군가 한 말이겠지만
그 말을 들은 사람들은
누구나 다 그 말을 공감했다는 점이 심상치 않다
생태적 조건을 생각해보면
곳간庫間에 양식이 없는데
목숨 가진 생명체가 붙어있을 이유가 없는 것이고
뱀이나 쥐보다 앞서서
장맛은 제 몸에서 일어나는 화학적 변화를 통하여
한 집안의 망조를 감지한다는 것이다
사람 눈에는 보이지 않으나
천변만화千變萬化로 굴절하는 마음곳간
감정의 프리즘으로부터 극미세의 파장이 분출하면
그 음울한 파동이
물질과 물질로 전달되고 감염되어
장맛의 본질까지 흐려놓는다 해서
예로부터 장독대는

한 집안의 수호신 대하듯

평지보다 높게 대臺를 쌓아

흰버선 오려붙이고

왼새끼줄에 검은 숯덩이까지 꽂아서

신성시했던 장독간이기에

항시 청결하게 씻고 닦아

항아리 몸통에서 윤기 흐르고

광채나게 했던 것이리라

지난至難한 일상의 파란波瀾을 겪으면서 체득한

영험한 장맛이기에

장맛은

그 집의 맛이고

그 집 사람의 맛인 것이다

책 장 을 덮 다

시선 끄는 책 한 권
펼치기도 전에 설레인다
책 제목과
내용을 소개하는 목차를 들여다본다
저자가 누구며 어떤 사람인지
어떤 향기를 지녔는지
호기심이 동한다
앞면 뒷면 표지의 디자인과
책의 부피와 활자체를 주목하면서
출판사를 확인한다
눈길 따라 마음 가라고
처음 데이트하는 심정으로
첫 장을 넘긴다
두근거린다
콩닥거린다
긴장이 되는지 나도 모르게 긴 호흡을 한다
혹시나
혹시나 하면서
밑줄을 긋고

별 표시를 하고

아로새길 만한 문장을 만나면

내 기꺼이 순수하게 감동 먹으리라

책장을 넘기는데

어쩐 일인지 책장 넘기는 것이 조금씩 우스워진다

짜증나고 무의미해지자

책장을 덮어버린다

내가 읽을 책

당신과 우리의 필독서

나

당신

그리고 우리

어 떤 생

어떤 생生은 평생
어린아이로만 있었으면 좋겠다

어떤 생은 평생
풋풋한 소녀로만 있었으면 좋겠다

어떤 생은 평생
어머니로만 있었으면 좋겠다

평생 꽃이 꽃으로 있듯이
사랑스럽고
이쁘고
소중한 존재들은 평생
지금의 모습 그대로 있었으면 좋겠다

언젠가 우리도 어쩌면

주머니에

이름과 주소를 쓴 종이쪽지를 담고 다녀야할지 몰라

늙어 정신이 깜빡깜빡해져서

집을 나갔으나

집으로 돌아오는 길을 잊어버릴지도 몰라

어르신 댁이 어디세요

성함은요

경찰이 신원을 물어보아도

생각이 나질 않아

이름도 전화번호도

집의 방향도

대답 못할 정도로

바보 멍청이가 될지 몰라

우리도 언젠가

사람을 찾습니다

전단지에 얼굴이 찍혀

벽이나 전신주에 붙게 될지도 몰라

씨 티 촬 영

병원 댕기기를 학교 댕기듯이 하고
끼니마다 밥상에는
맛없는 약봉지가 반찬으로 올라온다
나이먹은 늙은 학생의 식탁 풍경이다

오늘도 머리가 아파서 병원가는 날
아프다고 결석할 순 없고
늙어서 깨우치는 만학의 몸공부
의사선상님은 만사에 맘을 편히 먹으란다

여보 할멈
난디 나여
나 지금 병원인디 말여
대그빡에 이상 업쓰믄 십만 원이고
이상 이쓰믄 삼만 원이라고 그라구만
응
긍께 말여
십만 원은 보험이 안되는 거고
삼만 원은 보험이 된다는 말인가벼

글케 알고 있드라고잉

아
영감님 대그빡
대그빡에 문제가 생기셨나보다

시들어가는 것들에 대하여

어쩔 수가 없다
내 맘 내 뜻
내 의지로는 안되는 일
삶을 노래하고 논하고 궁리하는
인간이
태양의 구조를 분석하고
시간을 과거현재미래로 규정하면서도
꺼진 불처럼 되살아나지도 못할
자신은 정작 시들시들 시들어가다니
처마밑
양지쪽에 매달린 곶감이나
시렁에 얹혀
잘 익은 가을햇살에
몸 말리는 시래기나
시들어가는 것들이
시들어가는 것들을 보충해주는 일
참 신비롭다
겨울나기 양식이 되기 위하여
詩가 되는 것들

詩들어가는 것들

인 생 재 청

주여
허락하신다면 주께서 정해 주신
제 삶의 시간연장을 동의하오니
하느님 아들 예수 이름으로 긴급동의하오니
거룩한 영이시여
이 죄인의 동의집에 찬성하여 주사이다
하늘 천상회의를 주재하시는
우주만물의 주관자시요
의장議長이신 성부 하느님이시여
모인 천사들에게 가부를 물어주사이다
가可하면 예 하라고 아멘 하라고 물어주사이다
아니면 아니오否 하라고 물어주사이다
당신이 창조하신 이 세상 한 번 더 살고 싶사오니
이의異意 없으면 가결되었음을 선포하여 주사이다
천둥번개로 고퇴를 대신하사
은총의 단비를 내려주사이다

내 인생 종치는 그날
누군가

앙코르 하고 외쳐주기를
브라보 하고
커튼콜 박수해주기를

천사들은 좋겠다

날로 심각해지는 빈부격차
지상의 빈곤과 천상의 풍요
정신 혹은 영혼 경제의 불균형
김수환 추기경
노무현 대통령
김대중 대통령
천국은 축제의 연속
지상은 줄초상
거기는 낙원 생명 환희
여기는 지옥 죽음 슬픔
좋은 것만 선호하시는 하느님
진선미만 골라서 다 데려가시는 옥황상제님
역사 무대에서 열연하다
퇴장하거나
극중에서 죽어간 주인공
그들 없는 세상
천상의 천사들은 싸인받느라
기념촬영하느라 좋겠다
불황기 지상은 몇날 며칠의 지리한 장마

기나긴 가뭄
때 아닌 호황을 맞은 천상세계
천사들 보너스까지 담긴 월급봉투
살진 과실마냥 도톰하겠다

6부

/

행주

부 엌

그녀는 부엌에 들어와서 울었다
싱크대 수도꼭지를 틀자
곪은 비애悲哀가 서럽게 쏟아졌다
울 일은 많은데 눈물이 모자랐다

생각은 했지만 세상살이 맘먹은대로 안 되었다
숨가쁜 하루살이 오늘은 무얼 해먹나
여러 겹으로 접혀 구겨진 시름을 꺼내보았다
간이 붓고 의욕이 꺾인 걸 보니 애를 많이 태웠구나

지지고 볶고 할 수 있는 부엌은
그녀가 세상과의 불화火를 조절하는 곳
총만 없지 먹고사는데 뭐가 이렇게 많은가
도마 위에 오래된 분노를 올려놓고 칼질을 했다

삶을 보조해주는 몇 가지 신념을 양념으로 넣고
끓이고 삶고
데치고 주물러 무쳐서 밥상을 차렸다

먹는다는 것
먹어야 한다는 것

산다는 것
살아야 한다는 것

개 수 대

뚝배기와 냄비의 열연

삼겹살을 유혹하는 지글거리는 불판

화상 입은 삼겹살 한두 점의 상추쌈

정신이 맑아지지 않는 투명한 소주 몇잔

식탁은 관객의 입맛을 돋우는 연극무대

1일 3회 공연 혹은 특별공연이 끝나면

대만족한 관객의 박수를 받으며

무대의 막은 내린다

연극이 끝나면

소품들은 냉장고나 찬장 속으로 되돌아간다

화려한 조명이 꺼지고

무대를 내려온 주연 조연의 그릇들은

땀에 절은 의상을 벗고 화장을 지운다

입술에 묻은 고추장루즈를 닦아내고

입언저리 분장용 밥 알 한 점까지 털어낸 다음

식물성 퐁퐁 몇 방울을 풀어

거품목욕을 한다

대중목욕탕 같은 개수대에 몸을 담근

중년의 알몸 식기들 후일담 농담이 왁자하다

서로의 몸을 부딪히면서 왕수다를 떤다

행주

물에 젖은 나의 일생
찬물 더운물 가리지 않았다
한 조각 헝겊으로
한 가족의 습한 데를 훔쳐내는 일
눈물나는 일이었다

단 하루도 마른 날은 없었고
낮에도 어둑한 부엌살이 운명
피할 수 없는 세월 앞에서
나에게도 몇 번의 위기는 있었다

몸은 비록 젖었어도
사람의 하루살이가 그렇듯이
한밤의 휴식과 수면은
너무 달콤했다

소 금

누부시게 빛나는 새하얀 옷을 차려입고
산해진미 성찬 상좌에 좌정하신
그대는 모든 식탁에 초대받은 왕자로소이다

맛보기 한 숟가락의 탐식으로
그대는 모오든 미각을 사로잡는
맛의 황제로소이다

그대가 강림하는 곳마다
그대가 머무는 곳마다
그날 저녁 최후의 만찬처럼

흔할 땐 눈길 한 번 주지 않다가도
세상이 너무 싱거워지는 날
비로소 나타나시는 음식의 메시야로소이다

일용할 사료

가공식품의 편리성과
대량생산 대량소비를 위하여
방부제 防腐劑
감미료 甘味料
조미료 調味料
착색제 着色劑
팽창제 膨脹劑
안정제 安定劑
응결제 凝結劑
유탁액 乳濁液
계면활성제 界面活性劑
세정제 洗淨劑
기포제 氣泡劑
습윤제 濕潤劑
고결제 固結劑
고결방지제 固結防止劑
산화방지제 酸化防止劑
금속제지제 金屬制止劑
산첨가제 酸添加劑

알칼리첨가제 alkali添加劑
다가多價알코올 등등등

언제나 어디서나 누구에게나 동일하게
일정한 성분과 분량으로 계량화 수량화된
일용할 사료飼料를 오늘도 섭취하오니
하늘의 하느님 우리 아버지시여
제발 가공변조되지 않은
태초의 일용양식으로 먹여주시옵소서

생 선 뼈

물고기 그림을 그리되
생선뼈만 그려내는 화가가 있었다
앙상하니 살점은 하나도 없고
뼈뿐인 물고기를 그려내는 화가에게
뼈만 그리는 이유를 물었다
화가의 입에서 뼈 있는 대답이 나왔다
돈이 없응게 물감 애껴야제

화가의 자화상 같은
뼈밖에 없는 물고기 그림
그의 가난한 살림살이 실물이었다

살점 하나 없는 생선뼈 그림
속이 부실해져서
소쫑素症 나는 날
그 생선뼈 그림 사다가
푹 삶아 먹고 몸보신해야 쓰겠다
삶이 건조해지고
정신이 허황해지는 날

그 생선뼈 그림 사다가 걸어놓고

자린고비 삼아야 쓰겠다

유 방 달 린 새

전설에 따르면
어떤 새는 가슴에 유방을 가졌다
아직 아무도 본 적 없는 그 새는
부리와 날개와 함께 유방을
선물로 받았다
어린 새끼에게 먹이 대신 젖을 물리는 것이었다
하지만 유방이 무거워 비상하는 데 불편했다
문제는 새끼들이 어미 젖을 빨아낼 재주가 없었던 것이다
부드럽고 기다란 혓바닥과 입술이 있는 게 아니라서
젖을 물려야 할 젖가슴은 점점 퇴화되고 말았다
어미는 아가리를 벌리고
새끼는 주둥이를 그 어미의 벌어진 아가리 속으로
머리통까지 집어넣고 먹이를 꺼내먹었다
새끼 새의 머리통은
어미의 젖을 찾아
가슴 속 그곳까지 쳐들어갔던 것이다

막 걸 리 의   힘

춘향골 남원에 가면
이조사라는 골동품점이 있다
이용문 사장은 젊은시절
서울 신당동 일대를 돌며 화장지를 판 내력이 있다
구루마에다 화장지 싣고 다님서
하루이틀사흘을 돌아댕겨도
입이 터지지 않아서
화장지 사라는 소리가 나오질 않았다
아는 성님이 있어서 둘이서
막걸리를 마시고 나서야
그제서야 게우겨우 화장지 사라는 소리가 나오더란다

이빨을 갈다

그이의 이빨은 톱니처럼 날카롭다

물고

씹고

뜯고

으르렁거려야 살아날

한판 세상에

물리지 않으려고

꿈결에도

으드득

뿌드득

이빨을 간다

해 우 소

찬 겨울
지리산 가까운 실상사 생태화장실 해우소解憂所 들어가
똥을 눈다
똥을 누다가 밑을 내려다 보니
나보다 먼저 와서
면벽좌선面壁坐禪을 끝내고 돌아간
이름모를 허다한 거사居士 처사處士 중생들의 수행공력이
켜켜이 얹히고 덮이어
똥탑이 되어 있다

세상살이 소화시키지 못했다
현실에 적응하기 쉽지 않았다
저마다 갖가지 사연이 깃든
똥무더기 속 근심의 형상들

소화되지 못해서
소화시키지 못해서
몸밖으로 빠져나온
이 기이한 물성物性도

온 세상 동안거冬安居에 들어간

침묵의 절간 해우소에서는 공든 탑이 되더라

두 손 모아 합장하는 염불이 되더라

내 어떠한 사람인가

그걸 검증해 주는 물증이 되더라

시인의 아내

친한 마누라와 모처럼 느긋하게 밥을 먹는다
밥상에 올라온 갈치구이
발라낸 가시가 접시에 가득

에구머니
이렇게 많은 가시가 박혀 있었네
얼마나 거시기했을까

나의 뼈 중의 뼈인
아내의 입에서 터져나온
세상을 불밝히는 소리 광세음光世音

나를 만나 가시버시로 살아가는
이 여자 속에는
얼마나 많은 가시가 박혀 있을까

유월절 식사

이스라엘 민족은
지구에 거주하는 모든 세입자들 가운데
가장 심한 박해를 경험한 사람들답게
그들의 국민 교과서에는
자기네 조상들의 노예살이가 적시摘示되어 있을 정도다

아주 오래 전 이집트에서 제국의 신민으로 살아갈 때
그들의 신은 그들에게
이제 노예살이를 끝내고
주체적 자유인으로 살아가라 지시했다
그것은 이집트라는 제국의 낙원에서 탈출하라는 것이었다

자유가 무엇이길래
그들은 많은 시간을 논의했지만 대책은 없었고
이집트라는 제도권에서 벗어나야 한다는 것만 분명했다
자유인으로 산다는 것은
미지의 세계를 향해 지금의 여기를 떠나는 것이었다

혁명과 같은 해방의 날이 결정되었다

한밤중에 그들은 기습적으로 이집트를 탈출하기로 했다
거창한 무슨 군중집회가 있었던 것은 아니었다
부락과 마을 공동체가 계획한 특별식사로
노예살이를 청산하기로 약속했던 것이다

식사하는 장소의 출입문에는 양의 피가 묻어 있었다
식탁에는 양고기 바베큐가 올라왔다
술은 보이지 않았지만
안주로는 맛없는 빵과
익모초益母草 같은 쓴나물뿐이었다

허리띠 풀고 탐식할 식사 분위기가 아니었다
신발을 신은 채로 한 손에 지팡이를 잡고
집어삼키듯 신속하게 현실을 먹어치워야 했다
노예살이 멍에를 벗고 자유인이 되라는
신이 지정해준 방식의 통과의례였다

이것이 인간답게 사는 길이고
현재 상황에서 벗어날 수 있는

유일한 탈출구였기에 선택의 여지는 없었다

오늘의 유대인들은 이 식사법을 이웃 종족에게 강요하고 있다

자유없는 을乙들의 유월절逾越節, Passover 식사를

여름학기 장마교실

학점 관리 때문에
억지로 윽지로
이를 앙물고
칠년 가뭄보다 징하고 지겨운
여름학기 석 달 장마수업을
눈 찔끔 감고 출석했다
태풍
폭우
천둥 번개에 아랑곳하지 않는
무좀
땀띠와
모기가 물어다 준
가려움에다
찬물 끼얹는 불면의 열대야
기말시험까지 치러내고
필수과목들마다 부과된
과제물들을 꼬박꼬박 정한 날짜대로 제출했으며
교과서 같은 교수 능력의 지루함을
참고하며 견디어 냈다

에어컨 없이
선풍기 1단으로 버텨낸
삼복더위 삼단습기에
교양은 바닥났고
수양의 천박함을 확인하였다
내년에도 재수강해야 될 모양이다

걱정하지 말자

병든 날씨를 탓하지 않는
꽃들의 열심을 보라
달맞이 개망초 박꽃이 피는 한
여름은 걱정할 것 없으리라

탄저병 문고병 도열병으로
고추밭 무논이 시름에 겹지만
그래도 고개 내밀고 나오는
어린 이삭들의 저 찬란한 발육을 보라
매미가 우는 한 여름도 무사하리라

모기와 매밀잠자리가 공생하는 한
지리한 장마와 습한 삼복더위도
별 탈 없이 지나가리라

시절이 몹시도 불안스럽다만
걱정하지 마라
저 들판에 꽃들이 궐기하는 한
공중의 새들이 노래하는 한

꽃 불

맹춘孟春 사월의
개나리 진달래 환하게 불이 붙은
흙마당
찬겨울 이겨낸
벌나비 오송송 모여들어
꽃밭이 따순데
세상은 아직도 춥다
손이 시린 사람아
이리 와
이리 와서 같이 꽃불을 쬐이자

양춘陽春 사월의 하늘
살오른 햇살 보드랍게 부서지는
온유한 흙마당
넘쳐나는 기운과
꿈틀대는 푸른 생명들의
새아침이 눈부신데
세상은 아직도 어둡다
홀로 애태우는 사람아

이리 와
이리 와서 같이 꽃불을 쬐이자

상춘上春 사월의
지극한 미물들 환호하는
생명의 흙마당
작은 새들 천사처럼 찾아와
불구의 시대 노래하는데
세상은 아직도 아프다
속으로 탄식하는 사람아
이리 와
이리 와
이리 와서 같이 꽃불을 쬐이자

얼음 땡

아이들이 겨울을 놀고 있다
마술 같은 손을 갖다대면서
술래가 주문呪文을 건다

얼음

세상이 일시에 얼어붙는다
꼼짝 못하고
졸지에 한 生이 굳어버린다

그래도 인생이란 살 만한 이유 있노라고
술래를 놀리는 아이들이
얼어붙은 동무의 얼음을 깨버린다

땡

아이들이 겨울을 놀리고 있다
햇살 같은 당돌찬 웃음들이
얼음을 장난질하고 있다

풀잎 리시브

장대비
이슬비
소낙비
직선 사선 곡선으로 날아드는
낙차 큰 빗방울의 신묘한 서비스
강스매싱으로 내리꽂히는 드라이브에 걸려 회전하는
빗방울 핑퐁
가뿐하게 구슬로 받아 내려놓는 풀잎의 유연한 리시브
대지가 풀의 뿌리를 단단히 붙잡고 있는 이유다
무중력으로 떨어지는 짧은 커팅은 커팅대로
사정없이 퍼부어대는 맹공은 맹공대로
그냥 온몸으로 맞는다

차

언제 한 번
꽃다운 꽃 한 번 피어보지 못하고
시퍼런 전동가위에
우르르 참수를 당하고도
피 한 방울 흘리지 않는 차茶

아직 새파랗게 기운이 살아있어
푸른 몸에 빨간 불기운이 덮쳐도
비명 한 번 없는 차

모질고 질긴 목숨이
뜨거운 물 속에서
화사하게 꽃몽울 터트리는 차

식물의 혼이 승천하면서
찻잔 가득 몽실몽실
파아란 향기로 부활하는 차

같이 드실까요

■ 시인의 말

2014년 4월 16일 水요일
진도珍島 먼 바다 맹골수도孟骨水道에서 침몰한
세월호에는 수학여행 가는 학생들이 타고 있었다
하필 水學이라니
자식 잃은 부모들의 절규가 하늘에 사무칠 때
불행을 손가락질하며 야유하는 인간의 비정함이 있었다
권력의 악함과
정부의 무능을 향해 쏟아내는
원한과 울분에 대해 공감하면서
야멸찬 반감에 대해서는 울컥하고 벌컥했다

성서가 삶의 압축파일이라면
삶은 성서의 확장파일이다
나의 시작詩作 활동은 이런 맥락에 자리하고 있다
詩가 詩가 되지 못하고 욕설이 되는 시대
함성과 구호
외마디 외침으로 몸던져야 하는 극단의 시대를
괴로워하면서
금년 봄 나는

텃밭에 여린 모종을 심어놓고 지주를 세워주었다
나의 서툰 노래가 그런 작대기 노릇이나 할까

내 가난한 시에 영감을 불어넣어준
친한 아내에게
내일모레 90을 바라보는
우리 교회 망구望九 할매씨들께
감사합니다
턱없는 조건에도 불구하고
시집을 내주신
내일을여는책 김완중 사장님
고맙습니다